こころの風景 九十年

クラシック音楽と映画と旅と

小杉衆一
KOSUGI Shuichi

文芸社

はしがき

名曲との出会い——クラシックを初めて知った頃——

音楽といえば私にはクラシック。その魔力に取りつかれてから五十年以上になる。今では、すっかり身に付いてしまった感じで、ワクワクするような興奮や、初めて接した時のような新鮮な感動は昔ほどではないが、毎日の生活にこれが響いていないと何となく物足りない。

私は成長期を、戦前から戦争の真っ只中で過ごした。昭和の初期から、日本はドイツの同盟国になり、ドイツ語圏で生まれた多くの作曲家の音楽を聴く機会に恵まれていた。

その中でも古典派の巨匠といわれたモーツァルトとベートーヴェンの音楽は、戦時下という国を挙げての非常時でもけっこう会場演奏会があったり、ラジオ放送でもかなり流れていたりしていた記憶がある。

大戦中、Ｂ29による東京空襲が激しくなったころ、警戒警報や空襲警報のブザーのような音にラジオ放送がよく中断された。そして空襲が一段落してから、次の番組との空白を埋めるため、放送局はレコードによるクラシック曲を流していた。

空襲で無事だった安堵感も手伝って、私はラジオに耳を近づけて曲を楽しんだことを憶えている。無気味な警報のサイレンと比べて、それは何と安らかで温かいオアシスであったことか。

日本が当初の戦勝に酔っていたころ、あの真珠湾攻撃の映画『ハワイ・マレー沖海戦』で、出撃する日本の爆撃機編隊を空いっぱいに映しだし、背景音楽にワーグナーの『ワルキューレの騎行』を勇壮に流していた。その士気昂揚の効果は絶大で印象的だった。

軍国少年の私はこのときからワーグナー・ファンになっていった。ドイツのヒトラー総統が熱狂的なワーグナー好きであったことを戦後に知って、私は何か後ろめたいものを感じたが、今では誰が聞いても名曲はやはり名曲だという気になっている。

ドイツ映画が上映されたのもこの時だったと思う。ヨハン・シュトラウスなどのウィンナ・ワルツの名曲をちりばめた『ウィーン物語』はオーストリア宮廷の大舞踏会で踊り明かす絢爛に着飾った男女の恋の手管を陽気に描いた作品だった。

軍事一色だった日本では受け容れられずに短期間で上映が打ち切られた。そして、こんな頽廃的な映画を作る国は、戦争には負けるぞ、などと言われだした。だが、私はこの映画のヨハン・シュトラウスの曲は生涯忘れられないものになった。

軍歌と浪花節で明け暮れていた当時の日本の娯楽界とは全く比べものにならないほど楽しく、そこには甘美な夢があった。

戦況が厳しくなっていった時でも「日響演奏会」と称して月一回くらいはクラシック音楽の定期公演が催されていた。日比谷公会堂の舞台ではカーキ色の国民服にゲートルという出で立ちで楽団員たちはブラームスやシューマンなどを演奏していた。

戦争がさらに深刻になり、私たち中学生も授業どころではなくなり、軍需工場で、勤労動員と称し働かされていた頃、級友四、五人を誘ってその演奏会へ出向いたことがあった。演奏曲目はマーラーとリヒアルト・シュトラウスであった。どちらも地味な曲であり、難解とされているものである。私はシュトラウスをあの華麗な曲作りをするヨハン・シュトラウスと勘違いをし、得々とその美しさを、誘った級友たちに前宣伝をしていた。

当日の会場は寒かった。暖房はなく、観客もまばら、しかも前から二番目という席、仰ぎ見る舞台は楽団員の足ばかりが目についた。

そして延々と続く冗漫とも思えるメロディーの定まらないマーラーとシュトラウスの曲風は、初心者であった私たちにとっては、寒さと眠気と退屈さとで鑑賞とは程遠い、名状しがたい惨状だった。後日になっても級友たちからのその厭味は止まなかった。洋楽は人に勧めるものではなく、やはり一人で好きな曲を鑑賞するにかぎると思うようになった。

このことで、クラシック音楽には耳を貸さず、敬遠どころか毛嫌いしている級友がいまだにいる。これも私の責任と不勉強のせいだと感じている。

有名な交響曲「悲愴」や「運命」などを聴いていると、当時夢多き少年だった私は、何かしらの辛酸とか試練とかを、訴えてくるようで、音楽とはいえ、厳しいものが迫ってきていた。だがこれらを聴くごとに、愛着が増してきたのがクラシック音楽だ。

言葉を通してのクラシック音楽

九十年に及ぶ私の生涯で、延々と音楽に惹かれてきた理由の一つを挙げるとすれば、それは「音楽は言葉を超えている」と言う決まり文句に親しんで来たからであったと思う。だが、この言葉は、すでに西洋音楽史のロマン派が作り出した近代イデオロギーであったのだった。実際は言葉なくしては音楽を体験することはできないし、語句や語りの論理が増える毎に、よりその楽曲の理解が深まるように思えてきた。私にとって「音楽を聴く」ということは「音楽の語り方」を知るということに通じることだった。

年齢のせいで普通の人より、やや多くのクラシック楽曲を聴いているせいか、自分の能力内で聴く音楽を語るとき、これ以上、どれほど世界が広がって見えてくるか、その深さと広さ、を知ること、それが私の生き甲斐に値するものだと信じるようになってきた。

私の日常の環境には、クラシック音楽界の動向が、メディアを通して様々な動向で入ってくる。この数年来は、一流の指揮者が続々と来日し、そのリハーサル風景の面白い映像がＴＶやＤＶＤでも手近に見られるようになった。その練習風景は見る者すべてに鮮烈な印象を与えている。

私の学習になったのは、そのリハーサル風景であった。指揮者が次々と発する言葉のイメージによって、そのオーケストラ曲の楽節が徐々に建立されてくる過程が映像として捉えられている。その言葉は決して説得というものではないし、難しい言葉の連発するものではない、むしろ瞑想的な様相を顔と体躯のすべての部位を用いて発表する仕草の連続であり、まるで園児を諭すような柔和なツイッターのようでもある。彼の一つずつの呟きは、各パートの楽器群に共鳴して、壮大なシンフォニーがバヴェルの塔として完成させられるのだ。まさに音楽は言葉の連鎖によって作られていく典型的な、そして卑近な態様だといえると思う。

クラシック音楽は、ただの心地よいサウンドではない。それは一つの言語でもあって国境を越えて人間の体に沁み込んでいくものだ。人はその聴き方を自分の内面の情動的な反応に従って「感動」という情操の境地に入るものだと思う。

漢字国日本では、音楽を端的に「音を楽しむ」と定義している。漢字以外の外国語の「ＭＵＳＩＣ」の直訳は「楽譜」という意味で「楽しむ」は字句的には内蔵されていない。

だが、いずれにしても演奏は楽譜を媒体としてその心を伝えることである。「音楽は心を入れる器」である。このことを理解しながら改めて音楽を聴いていこうと思うのだ。

聴いて極楽、クラシック

《いま、厳しい余生に挑んでいます。クラシック音楽は私にとっては「自分史」の伴奏のようでした。幼年のころ、家にいたお手伝いのハイカラなお婆さんに連れられ、よく浅草六区を徘徊し、映画や浅草オペラの小屋に入り、当時まだ流行だったフランスオペラの余韻にひたっていました。『ボッカチオ』『天国と地獄』や『カルメン』『リゴレット』のメロディーは今聴くと私の幼少が思い出されてくるのです。小学生のときは、場末の映画館で無声映画の伴奏をする楽士さんたちと知り合い、からかわれて番外で好きな曲を演奏してもらったり。中学生では、ようやく小遣いを貯めて、日響演奏会などにも行けるようになりました。戦争中はクラシックは敵性国の音楽だとして見向きもされず、軍歌と浪花節がほとんどでした。それでも海軍に入った私は、横須賀付近の小高い山で塹壕掘りばかりの生活。その休憩時間に、中腹の農家から流れる『皇帝円舞曲』や『美しき青きドナウ』などをラジオ放送でそっと聴いていました。ドイツやオーストリアが同盟国だったからでしょう。戦後生まれの方にはない体験だったと思います。戦後、進駐軍兵士のためのラジオ〈WVTR〉（後のFEN）では連日が音楽放送でした。今でも忘れられないのはトスカニーニ指揮のNBC交響楽団の生中継放送などがよく聴かれたことでした。》

何年か前、このクラシックリクエスト番組で、自分とクラシック音楽との関わりを述べながら、希望曲を、ということで、応募したことがある。その時の内容の写しがあったので拾い出したのがこれである。そしてこれがクラシック音楽に対する私のメッセージだと今でも思っている。いまFM放送は名曲の宝庫である。持っているカセットテープのほとんどはここからエア・チェックをして収録したものである。時と手間隙をかけて集めただけあってなかなか消せない。消そうと思いながら、その前にもう一度と聴くと、愛着が出てきて消せないのだ。

一介のサラリーマンとして、三十数年を費やした後、その後半の人生に怠惰を避けるために、今あらためて音楽と共存しながらの生涯の回顧録に、一曲ずつ触れようと筆を起こしている。そこには旅などによる風景や、楽しい自然との遭遇、親しい人々との交友、そして心に刻まれた人たちとの別れなど、その時々の厳しい環境の克服の記録を交えて続けようとしている。

日本人なのに、今ではすっかり私の身に付いてしまっている西洋クラシック音楽。クラシックとは「古典的な」という意味で、クラシックでないものは「今」という時代を反映して流行するもの、つまりポピュラー音楽のこととされている。だが、クラシック音楽にだって今という時代を反映して〈はやり廃り〉はあると思っているし、ポピュラー音楽にだってクラシックより永く続いている曲もある。そうはいうものの、私にとってクラシック音楽の魅力は、時とか場所を超えて、いつも新しい響きとしてよみがえってくる。

私の生理現象や大脳の動き、さらには私の情操に働きかける効果が、非常に大きいからではないかと思っている。そこには、はやり廃りどころではない、ある普遍さが私の身体、五感に迫ってくる。

これから挙げるほとんどの曲の記述は、主観が強く、感情に溺れている。音楽家の専門知識から見れば幼稚極まりない素人の音楽論である。だが、客観的に、曲の生い立ちには忠実でありたいし、できるだけ親しみを込めて、作曲家の人間像が発見されたり、馴れ親しんだ曲のなかに、今まで気がつかなかった旋律の発見に、新たな感動を覚え、夢中になって身を没入してしまったこともある。

名曲から受ける自分の感動を理解してもらうには、一緒に聴いてもらう以外にはなく、それさえ、それぞれに理解の度合いは異なるものだ。

名曲から受けた感動を、このような文字だけで伝えることの至難さは計り知れないと思うし、独り善がりになりすぎて、書くことを放棄したくなるときもある。かといって、いわゆる名盤解説者やオーディオ評論家たちの名曲解説のように、絶対的にこれが名演奏だと言う押しつけはできないし、単なる素人の独断と偏見が到るところで目立つことにむしろ満足を感じているくらいだ。

世評に迎合し、商業主義の餌食になっている名曲でなく、自分の生活からにじみ出た喜怒哀楽の一端を、その曲から感じ取ったとすれば、それが私には、かけがえのない名曲だと思っている。

とくにバブル経済崩壊後の現代人は、多かれ少なかれ大別して〈職業という拘束〉と、それから解き放たれた〈余暇という自由〉という二種類の時間の中で、好むと好まざるとによらず、生きて行かなければならない。そして、そのための人格を維持すべきかを考えたとき、〈音楽による自分の追求〉は、生存の限り、同時進行のテーマとして欠かすことができない教材であると信じている。

戦争で育まれた私のクラシック音楽

いま、厳しい余生を怠惰と回想と記憶の連続という習性の中で生きている。そんな生活の中でのクラシック曲は、私には自分の生活の中の一端でもある。さらに過去の日々の喜怒哀楽も伴奏付自分史であった。

小中学生の頃にはもう諸外国のいわゆる洋楽には馴染んでいた。当時流行のフランスオペラの旋律に浸って口ずさんでいたほど日常的なものだった。頻繁に家人と浅草六区を遊歩し、映画館やオペラ小屋からいつも流れている『天国と地獄』や『ボッカチオ』『カルメン』などのメロディーは頭に刻まれて常に口の中で遊んでいた。小遣いを貯め「日響」の演奏会に行けるようになった時には、もう戦争機運が高まっていた。

Ｂ29の空爆が激しくなった時、警報のブザーでラジオ放送は頻繁に中断された。その空白時間を埋めるためのレコード盤による放送に夢中に耳を傾けていた私。不気味な警報ブザーと比べなんと安らかであったか。砂漠の中でのオアシス発見のような豊かさであった。この時の『白鳥の湖』や『くるみ割り人形』の流麗さはいまでも完全に耳に仕舞われている。

やがて海軍の志願兵として海兵団に入った私は、三浦半島の基地で銃ならぬスコップを持っての塹壕掘りと軍用食料の隠匿のための作業で、山の中腹に穴を掘り軍用品を集積するための軍務生活が続いていた。

戦時下しかも軍隊生活の中で、クラシック音楽を聴くという優雅な雰囲気を味わえたことに私は戸惑った。ふと、視線を見下ろすと湾の海岸線がはっきりとした輪郭で見通された。ここは今戦争たけなわの軍港湾だというのに、軍艦はもちろん船舶という船舶は全く見えず、銀色の海が眩しく煌めいていたのみだった。日本海軍は、もうこの時すでに消滅していたのだ。

その年、平塚の海軍守備隊員として転属した私は運命の日七月十六日、Ｂ29二〇〇機の空襲で左腕を負傷し、灯火管制の敷かれた海軍病院へ運ばれた。そして、八月十五日終戦の日の夕食時の点灯、何の予告もなく病室が一斉に煌めくばかりの光の洪水に溢れ出した。医師も看護婦も兵隊も士官も区別無く、ただ〈歓びの態様〉そのものだけの群像で病室が華やかな踊り場のようになった。それは、あのベートーヴェンの「第九」歓喜のフィナーレが、閉ざされたオルゴール箱から一気に噴出されたように、その流麗な音がこだましていたのだ。

自然を肌で感じさせる作品は優しさと共に厳しさも投げかける

大作曲家のインスピレーションの源には自然を描いた作品が非常に多い。大草原、大海原、暴風、雷鳴のような雄大なものや、雨音、朝もや、鳥の鳴き声、等々の感触的なものまで、まさに大自然は音楽の源泉といえる。私たち現代人が、乱立するビルの谷間の居所で、これらの自然を模した様式の音楽を聴いていると、あらためて自然の偉大さを感じると同時に、意外と思われる風物の中で、思いがけない、そして初めて接するような感覚に浸ることがある。クラシック音楽には、大自然と風物と季節が常に一体となって人の感性に迫ってくるものである。

ドヴォルザークの交響詩『水の精』、ラヴェルの『水の戯れ』、ドビュッシー『版画より「雨の庭」』などは人の感触を刺激したとしているし、四季によって変化する風景、陽光、気温、気分、などもクラシック音楽のジャンルで、交響曲やピアノ・ソナタに四楽章形式が多いのも「四季」があるのと同感覚が左右しているからと思われる。

私たち日本人も「歳時記」という言葉や文字によって、常に「四季」の様相を捉えて韻文、散文に表記し、感じ取ってきている。

生命が息吹く春。ベートーヴェンの『ピアノ・ソナタ第五番「春」』、ヨハン・シュトラウスの『春の声』、シューマンの『交響曲第一番「春」』、異色なところで、ストラヴィンスキーのバレエ組曲『春の祭典』は、まさに踊り狂う《春》の彩である。

シューベルトの歌曲集『冬の旅』にも「春の夢」の一節があり、花が咲き、鳥は歌う、五月の夢を見ていたが、鶏の声に目覚めると、寒くて暗い冬の朝だった、というもの。事実はシューベルトの悲しい幻滅の歌であり、生活を嘆いた曲だった。失恋による失意、病苦、貧困という幾重にも重なる苦悩の三十一年の生涯、のなかでのシューベルトの痛々しい一輪の花のような《春の夢》。

目次

第二章　映画　187

第三章　旅と映画と文学エッセイを集めて　217

第一章　クラシック

Ⅰ　独断と私見の愛聴盤

「ひばり」のような気軽なハイドンの音楽

あわただしい毎日を過ごしていると、どうしても朝起きるのもギリギリになってしまうことがある。ねぼけ眼をこすりながら、ふと、ラジオのＦＭ放送を捩（よじ）ると、ハッと身構えるような気持ちになる。ハイドンの『弦楽四重奏曲第六十七番「ひばり」』が、囀（さえず）っていた。この朝のために作られた曲であるかのように、優雅で気品溢れる、しかも爽やかで明朗闊達な音である。

今日一日を「ハイドン」で過ごそうと思いながら、次の曲を探すと、やはり自分の好みで『チェロ協奏曲第二番』と『交響曲「ロンドン」』が浮かんできた。そして早速、ハイドンをもっと調べる気になった。

　ハイドンは永年仕えていたエステルハージ家を一七九〇年に退職し、年金を貰うと、ウィーンに滞在するようになる。この曲「ひばり」は翌年、あるウィーンの実業家の依頼で作られ、六曲の弦楽四重奏曲の第一曲である。「朝の陽光の中、クロワッサンとブラックコーヒー片手に、頭をすっきりさせるのにぴったりの一曲です」。これは私ではないある人の感想。

　退職後のハイドンは、音楽会マネージャーのサロモンに付いてロンドンへ旅立っている。ロンドンではハイドンを大歓迎し、演奏会は超満員、オックスフォード大学は彼に名誉学位を贈った。

　イギリス王朝を挙げての歓迎に対し、六つの交響曲を作曲して報いている。これをザロモン・セット交響曲と称して「驚愕」や「時計」といった人気の交響曲が含まれている。

　イギリスの国歌『ゴッド・セイヴ・ザ・キング』を羨ましく思っていたハイドンはロンドン帰朝後に皇帝賛歌をウィーンに捧げている。

ハイドンはその生涯のうちに、百八曲の交響曲、八十三の四重奏曲、四つのオラトリオ『天地創造』ほか、三十四の歌劇、その他あらゆる楽曲にわたって数多くの傑作を残している。ソナタ形式やシンフォニー形式を完成し、今日の基礎を作った。ここでも「交響曲の父」ともいわれている。

確かにハイドンの音楽には、何物をも抱擁しつくす大らかさと人生をエンジョイする心が包蔵されているように思う。

『交響曲第四十五番「告別」』は、とぼけたような、もの悲しさと退屈気な終楽章の演奏に、一人一人舞台から去っていく楽器奏者の姿を描いた曲。この曲の演奏で、エステルハージ卿は、ハイドンの意図を察し楽団員に労をねぎらう休暇を与えたそうである。

『交響曲第九十四番「驚愕」』は、第二楽章の中途で突然打楽器が鳴動し、夢心地で聴いていた聴衆に驚きを与えたとするもので、また曲の効果を狙った『第九十六番「奇跡」』のような渋いものもあるが、「軍隊」「時計」「太鼓連打」「ロンドン」にはユニークな曲の趣が溢れていて安らかな気持ちを持って聞けるのがハイドンの曲である。

彼の創り上げた交響曲のスタイルは、後世の作曲家や音楽界の作曲の教書としても引き継がれている。この古典派のハイドン、モーツァルト、そしてベートーヴェンたちの交響曲の中でも、私の興味を引くものにそのタイトルあるいは「副題」の付し方の相違の面白さがある。「運命」をはじめ「英雄」「悲愴」「幻想」「復活」そして、「革命」など……いずれも重々しく意味ありげで、深刻な雰囲気を表出している。だがこのタイトルのほとんどは作曲家の意向とは関係なく、興業師や楽譜出版社あるいはレコード会社が任意に付したものが多い。これに対してハイドンの交響曲のタイトルには「哲学者」「校長先生」「火事」「狩り」「熊」「めんどり」「王妃」「驚愕」「奇跡」「軍隊」「時計」そして「太鼓連打」といった多彩なイメージの発想で、そこには日常感覚のユーモアがあり、ポピュリズム的な楽しさが張っている。しかし、これらハイドンの交響曲のほとんどは、ハイドン自身の全体像より影響度は低く、ロマン派の時代になっても見向きもされなかったのは、その軽さのせいであったのだ。しかし、現代社会は録音技術の急速な普及により、ハイドンのこの一連の交響曲群は名指揮者の「交響曲全集」等の普及により演奏度も進捗している。

改めて表明すれば、ハイドンのこの一連の交響曲には、現代社会でいう「ストレスの解消」には、打って付けの治癒力になり、私のような余分な人生を踏んでいる者には、肩の凝らない魅力がある。

クラシック音楽が難解だとか、取り付きにくいとか言われる理由の一つは、標題やタイトルが少ないからだと思う。作曲家の出来上がった作品の楽譜には、ただ作品番号のみの表示で、何番目のものか、第五番とか第三番の表示はあるが、標題やタイトルは、その時の興行師や、楽譜出版社やレコード会社が流布させていたのがほとんどであったからだと思う。バッハやハイドンのバロック時代には「標題音楽」という言語すらなかった。

ハイドンがあえて交響曲の型を借りて、人物や景色、家畜や世相や生活感情を交えながら作曲して一つのパターンを確立した点、この時代では異色な存在であったわけだった。確かにハイドンの人生は紛れもなく成功した大作曲家である。しかし、この時代にはもっとドラマチックな人生を送ったモーツァルトやベートーヴェンという後輩がひしめいていたので、どうしても影が薄くなっていたのだ。そして、後世のロマン派の音楽家たちがお手本としたのはベートーヴェンであり、ハイドンではなかったのだ。ハイドンの交響曲がよく演奏されるようになったのは、二十世紀の後半になってからである。

モーツァルトの伝記と曲想の魅力

日常からの解放感と得体の知れない郷愁がみなぎっている

多くの人々がモーツァルトについて語り、そして書き綴っている。没後二百年以上を経過した今になってもそれが続けられている。それぞれの人のそれぞれのモーツァルト観は、思い思いの体験と感性に裏づけられていて、個々に真実であると思う。

しかし、不思議なことにそれらは重なり合わず、意見の一致という結論が出ないでいる。今になっても、モーツァルトを言い尽くすことはできず、モーツァルトの音楽についての不思議さだけが残り、そのなぞが深まるばかりである。

モーツァルトの伝記や史実によると、彼には墓がないといわれている。遺品は二束三文で処分されたそうだ。子孫も一代で跡絶えている。モーツァルトにはいわゆる物理的な意味での生身の痕跡は、ほとんど後世には残されていない。

だが、鮮烈に残されているのが、彼の限りなく広がる不滅の音楽と、生存の伝説、生き様の軌跡といえよう。それらは後世の私のような門外漢の日常の中でさえも途方もない豊かさで迫ってくる。それは気軽さであり、決して窮屈ではなく、強要もされない。まるで遊びに誘われているような、〈好き嫌いはご自由に〉といったモチーフをいつもさらしているのだ。

現代の若者が、モーツァルトの交響曲が好きだとか、ピアノ曲がいいとか、オペラが最高だとして自分を合わせようとしているが、モーツァルトのほうはそれには無頓着に、自然がするのと同じやり方で素直に語っている。

ここに挙げた『弦楽五重奏曲第三番K五一五』という室内楽曲は、モーツァルトを語るには、あまりにも小粒で、シンプルで些細な曲かもしれない。ほかのモーツァルト曲に比べると、世評的にも地味な曲であるが、聴いているうちに、〈小さいが、なんと大らかで豊かな曲想だろう〉と思う。細々した日常からの解放感と得体の知れない郷愁が、いたるところにみなぎっているからだ。

　卑近すぎて、引き合いに出すにははばかられるような気もするが、私の、むかし、むかし、ニキビだらけの顔で、はしゃいでいた頃。髪をお下げにしていた少女からチョコレートの粒を口に投げ込まれて、はにかみ、どうしようもなくじっとしていられない優越感と幸福感につかったときがあった。こんなホロ苦い懐古がこれを聴くと蘇ってくるのだ。

　星の数ほどあるモーツァルトの曲の中で忘れられそうな位置にあっても、聴いてみると忘れられない曲になってしまう。

　演奏では、スメタナ弦楽四重奏団にヨゼフ・スークが加わったものが、一応厳格に澄み切った音色があり、安定感があっていいと思う。

借金の形につくった静謐で美しい曲

『弦楽三重奏のためのディヴェルティメントK．５６３』という曲をそれとなく聴いてみた。モーツァルトとしてはあまり騒がれない地味な曲である。しかし私の心境の、聴いた時間的条件がよかったのかもしれないが、すごく感動した。

モーツァルトは、いつ、どんな瞬間でこんな静謐で、人間など、まるで無関心な世界にいるような音楽を作ったのだろうか不思議でならない。それは天国の神々に甘えて、駄々をこねているようにねっとりと、時にはやんちゃぶった素振りをしながら歌っているようである。

この曲はヴァイオリン、チェロ、ヴィオラという無機質で繊細な、たった三つの楽器を使って奏でる彼の脳裏の構造は、いったい、どう作用しているのだろうか、これが天才の脳裏なのだろうか、いまさら驚くと同時に、その素晴らしさに頭が下がる思いである。ひとつの理屈もなく、何の変哲もなく、だが、一貫して纏まっているその機能性。それはどこで会得し生まれたのだろうか、全く不思議である。

三十五年のモーツァルトの生涯に渦巻いていた光と影、軽さと重さ、享楽と貧困、そして誇りと失望。それが故に心の中では絶えず天国を求め続けずにいられなかったのだろう。その思いがこんなにも美しい曲になって彼の指先からほとばしるのだと思うのだ。

一七八九年、モーツァルト三十二歳。すでに晩年の始まりである。この年の六月、彼は最初の借金依頼の手紙を書いている。この時期のモーツァルトは、よほど経済的に逼迫していたに違いない。

一ヶ月の間にさらに三通、この種の手紙が書かれている。その友人は、その都度モーツァルトに送金はしたが、希望額と貸与額との差は、回を重ねるごとに大きくなっていったのだ。返済はままならなかったどころか、日常の生活にも窮し始めた。

モーツァルトとしてはせめて自分の作曲によって、この救済者に感謝の気持ちのみを示す以外に手段はなかった。

九月に作曲されたこの『ディヴェルティメント』はこの救済者に献呈されているのだ。換金価値からいえば当事は無に等しかったといえる。この比類ない名曲を贈られた救済者は、はたしてこの債権を割り引いたのだろうか。モーツァルトの認めた哀れ極まる借金依頼の手紙とは、およそかけ離れた明朗闊達なこの音楽を理解できたか。それは、むしろ彼は怪訝さのみを感じたに相違ない。そしていったいこれが苦境にあえぐ人間の作曲した曲だろうかと思ったに違いない。

この年の夏、さらにたて続けに有名な三大交響曲を作曲している。

『第三十九番』の溢れた幸福感。『第四十番』の微笑をも伴った哀愁感。彼の最後の交響曲には『ジュピター』という呼び名にふさわしい堂々とした至福への高まりを感じさせる壮麗な展開。ここでも実生活の暗澹たる生活の影などは微塵もないのだ。

私は思う。モーツァルトには二つの人生が宿っていたのではないか。ひとつには、誰もが求める天国への旅人の心境、もうひとつには煩悩という人間世界の荒波に翻弄されきった生き方。その中での心の糧を求める手段としての作曲が、すべてのような気がする。

だが一旦作曲の世界に入った彼は、貧困、享楽そして病苦などの一切を投げ打って〈作曲の神〉の啓示を享けたのだと思うのだ。冒頭の借金依頼の手紙にはたえず「運命が意地悪をして、何をやっても金にならない」と言っていたモーツァルトも作曲の時間には、これらが払拭されていて別の彼になっていたのだと思う。

現在の私たちの運命も突き詰めるとこんなものではないだろうか。絶えず求め続けて得たと思われた理想や希望が、運命のいたずらによって一挙に瓦解することすらあるのだ。

ただモーツァルトの場合、天才という生まれてからの素質が、彼の音楽を生み出したのであるのかもしれない。そこが、われわれ凡人と異なるところだ。

だが音楽というものを捨象したときのモーツァルトの生命の中味には、時代を超えて、私たちの求める理想に対しての反面教師的な要素が十分に備わっているように思えてならないのだ。

モーツァルトの生命と生活が、二百五十年経った現代でも彼の作品との乖離が出来ていないでいるのがむしろ不思議であり偉大でもある気がする。

父から承けたモーツァルト曲

私に音楽を知る契機を与えてくれたのは、他ならぬ父であった。尺八という古来の楽器で私たち兄弟に童謡などを聴かせてくれた父は、ある日『おもちゃの交響曲』という大判のSPレコードを自慢げに購入してきた。何回も何回もこの曲を聴いていると、この曲の幾つかの楽器の鳴っている区分が明確になってきた。そしてその音色が一種の雰囲気づくりの形となり、私の耳から体内に染み込んで来るようだった。

第一楽章では「カッコー、カッコー」と、ナイチンゲールの鳴き声が木管器で奏される、そしてすべての楽器群が共鳴し、子供たちが騒ぐような雰囲気でこの楽章は終わる。第2楽章は、「メヌエット」で、子供でも踊れるような無邪気な舞曲。さらに第三楽章「フィナーレ」では、子供たちが使う玩具の楽器群が一斉に鳴り出す。ピッコロ、小太鼓、タンバリン、といった打楽器群を配した晴れ晴れとした明るいフィナーレでこの曲を閉めるといった内容。それは、就学前の私たち兄弟の最初に味わった音楽であった。そして、この曲は永い間、オーストリアの「ハイドン」の作曲とされてきたが、後世の調査によって、この曲はあの「アマデウス・モーツァルト」の父親であった「レオポルト・モーツァルト」が、息子「アマデウス」のために作曲した『おもちゃの楽器と管弦楽のためのカッサシオン』の中の三曲であったことが判明した。私がこのことを知った時、私の父は、もうこの世にいなかったが、何か不思議な因縁をこのとき感じ始めた。アマデウスの父親から受けたこの曲、私の初めてのクラシック音楽であったことに、ある種の誇りと強い近親感を抱くようになっていった。

幼い頃からモーツァルトは父親に連れられてヨーロッパ中を駆け回っていた。伝記によれば「音楽以外には何もなかった子供時代」と思われ、成人になっても子供のような振る舞いから抜けきれなかったことは、彼自身にとっては悲劇であったかも知れないと思うようになった。そして私の今の生活からも、モーツァルトの曲からいまだに抜け出せない部分の一端が潜んでいるからであるかも知れない。

今、私は、いわゆる高齢者といわれる年齢になっている。音楽と結びついた人間生活を続け始めてからモーツァルトは何曲になるか、しかし何時もその余韻には、モーツァルトの潜んだ部分が私の体内に染み込んで来ている。

さらに飛躍すれば二〇二〇年、世界的なコロナ禍でライブやコンサートが次々と中止となり、まさに「音楽が消える」事態に陥っている。

日常の生活の中で、心の疲れを自覚したとき、自信や勇気などを取り戻したいとき、親しい人との別離や、上機嫌を持続させたいとき、今、語っている人生１００年時代を如何に効率的に生き抜くかを問われているその最中のコロナの影響は、私にとってまたクラシック音楽の歴史認識にも影響をきたしている気がする。

母とモーツァルト

今から三十年以上も前の話だが、私には認知症と肺炎とで入院している八十七歳の母の看護があり、妻と交代で通院する日が続いていた。その年の夏は未曾有の猛暑続きで、駅から二十分の道程は、排気ガスも充満した歩道のない道路で、貧血症の私たちには、かなりの骨折りだった。

母の病状は高齢のために快方には向かわない。かといって、一時のような高熱や呼吸困難の危険状態からは脱している。むしろ老化による臓器の衰退と、脳血管障害による認知症のほうが進んでいるようだった。

病室に入り、母の顔をのぞいて呼びかけると、別人の名前で答えたり、初対面の人に会うように鄭重な挨拶をしたりで、その異様さには悲しくなる。

また見舞い人に自分の元気な様子を見せたいためか、てれかくしのためなのか、よくはしゃぎ出す。ときに、骨と皮だけになった体から、か細い声で民謡やら童謡、ときには軍歌の一節が洩れてくる。長い間、生活を共にしてきた私でさえ、聞いたことのない歌詞がとびだしてくることがあり、不思議な記憶力だと思う。たくさんの歌が記憶の中に残り、混乱しているのだろう。こんな母の容態を眺めていると、昔のことが、つい最近のように思い起こされてくる。

それは、母の反対の気持ちを無視して、海軍を志願した私の壮行の日、幾組もの出征兵士の見送りで沸く駅構内の雑踏の中での母の顔の浮上である。列車が動き出したときも母は控えめに後方の柱の陰で目立たぬように私の動きを見守っていた。一瞬のこと、母の目が私の目と合った。母の顔には、限りない寂しさが感じられ、長男の私が死地に赴くことの痛みと、裏切られた悲しみが溢れていた。

その時から五十年も経っていた。病室の母の顔と、あのときの顔とが重なってくる。どうしたら母のあのときの空しかった気持ちを癒やせるものかと、その不孝を詫びたい気持ちがとめどもなく込み上げてくる。

いつどんなときに病状が激変するかわからないという母の看護に、私自身の生活日程も不安定のまま推移していた。こんな手持ち無沙汰のような時間を費やすには音楽を聞くことが一番適していると感じた私は、四十代の頃からＦＭ放送から録音して集めていたモーツァルトのカセットテープの整理編集で時間を費やしていた。

その年、日本の音楽界は、モーツァルト没後二百年のイベントで賑わっており、私も私なりの流儀で便乗参加していたようだ。

これはマスコミやレコード会社の儲け口になっているモーツァルト・イベントにはできるだけ逆らいながら、ささやかで自己満足的な遊びに溺れているといわれても仕方ない。

モーツァルトの曲には強烈な興奮を呼ぶようなイメージは私には少ない。ただ、私がどんな心境にあるときでも、いつもそれなりに受け入れてくれ、慰めてくれる素直な魅力があると思っている。この作曲家については多くは知らないが、私にはこのことだけで十分に心酔できるのである。

近い将来かもしれない、私も母のように寝たきりの老体になったとき、この私家版モーツァルト・カセット全集を枕元ではたして聞くことができるだろうか。気持ちの底には、それを願いながらモーツァルトの曲を集めているのかもしれないと思ったりしている。

母の病状を毎日看ながら、こんなことを考えていると、不思議に気持ちが落ち着いてくるのだ。

＊

いまコロナ禍、「三蜜」といわれる時代を経て、九十六歳になった私。六年前、妻を亡くし孤独感に耐えようとしている昨今。時々耳に入るモーツァルトの曲は唾液の分泌と体が温まって、まさしく生きているという感じです。今は昔（明治）生まれの父が、手回しの蓄音器で78という恐ろしく速い音盤で『おもちゃの交響曲』という曲を私に聴かせてくれたのはまさに九十年以上も前のこと。あの有名なモーツァルトの父親が息子のために作った曲とされているこの曲を、今度は、私の父親からの贈り物として忘れないでいる。私の生涯の喜怒哀楽の節目には、いつもこのモーツァルトが鳴っていたと思うと何となく日本の神様、神社にいつまでも続くようにお願いしたくなるのです。

メンデルスゾーン　歌曲風な主旋律と簡単な伴奏からなるピアノ自身が歌い奏でる

メンデルスゾーンの『無言歌』を聴いていると、まさしく言葉というものの存在を忘れるくらい、つまり語感を必要としないほどに人の五感を刺激する。刺激というと強い趣に聞こえるが決してそうではなく、仄かな花の香を盛った軽やかな微風が頬を撫でるような、甘美な情感や詩情が至る所に溢れ出てくるような趣といえる。

「ことば」によっては表現し尽くせない詩情の広さを、音という媒体を通してより膨らませ、曲想を盛り上げようとする。その意味で、この無言歌集はピアノの機能を見事に引き出していて、心置きなく気楽に聴けるピアノ曲集である。

さらに言うなら、『無言歌』はメンデルスゾーンが作った一つの音楽形式で、シューベルトの『即興曲』やショパンの『夜想曲』など、ロマン派の作った小曲と同じく、いわゆる〈もの思いに耽る情緒〉という趣味と同様、歌曲風な主旋律と簡単な伴奏からなるピアノ自身が歌い奏でる歌集である。歌詞という限られた言葉に束縛されないで、その曲趣をピアノによって、自由に表現しようとするところにその特徴がある。

ピアノは私たちの日常で一番身近な楽器である。

この音色に秘められた発露は私にはたまらない魅力である。『無言歌』には、もうすっかり忘れている私の二十代の甘い熱情のようなものがよみがえってくる。

全部で四十九曲もあり、一曲一曲に「詩」のような題名がつけられている。その著名なものをあげると、「春の歌」「甘い思いで」「詩人の竪琴」「紡ぎ歌」「五月のそよ風」「ベネツィアの舟歌」「追憶」「狩りの歌」「飛翔」「羊飼いの訴え」「タランテラ」等々。一挙に聴いて二時間あまり、しかし終曲に近づくにつれても飽きることなく、ますますと詩情が拡がっていく見事な曲想に堪能できる名曲である。

ベートーヴェンやモーツァルトが悲劇的な生涯をおくったのに対して、メンデルスゾーンは、まことに裕福な一生を過ごしている。洗練された風采。巧みな社交性、誰にでも尊敬される人柄によって彼の音楽に対しては批評家も批判の余地はなかったようだ。ハンブルグの銀行家の息子として生まれたが、三十八歳の若さで生涯を閉じている。まことに短い。

だが、大らかで豊かな人格は、自分の音楽のみに固執することなく、かれは、モーツァルト、ベートーヴェン、シューベルトを積極的に世間に紹介した功労者でもあった。

この『無言歌集』を聴いていると、温かい優雅さのなかに、ある悲哀が秘められているように思える。彼の薄命というはかなさと、彼の持っている人間愛の発露ではないだろうか。

この演奏は多くのピアニストが好んで弾いており、どの演奏家も見事な世界を創っている。

私の愛聴盤はダニエル・バレンボイムのものであるが、近年ますます磨きがかかり、指揮ぶりとともにピアノも非の打ち所がない。

偉大なベートーヴェンの全てを語るとき

ふたりの楽聖

戦後もまだ浅いころ、民主主義という風潮の中で、学生たちは自分たちの理想に燃えていた。私たち若者にとって、革命的、理想主義肌のベートーヴェンはダントツに人気があった。しわくちゃ頭の癇癪もちで人間嫌いという彼は、音楽喫茶で眉間にシワを寄せ、深刻に聴き入る学生たちには、ある種のカリスマ的存在であった。

「僕たちの青春時代、いわゆる『名曲喫茶店』には、いつも腕を組み、あるいは頭髪を掻きむしり、晦渋な表情でまるで思想上の大問題に直面でもしたように、瞑目して、ひたすらレコードに聴き耽る学生がいた。きまってそんなとき鳴っているのはベートーヴェンだった。彼はいつまでも、一杯のコーヒーで自分の好きな曲の始まるのを待っていた。念願かなって例えばニ長調のヴァイオリン協奏曲が鳴り出せば、もう、冒頭のあのPのティンパニーを聴いただけで、作品六一の全曲は彼の内面に溢れる。ベートーヴェンのすべてが聞こえる。彼はもう自分の記憶の旋律をたどれば足りたし、とりわけ愛好する楽節に来れば顔をクシャクシャにして感激すればよかった。そんな青年が、戦前の日本のレコード喫茶には、どこにでも見られた。確かに彼は耳でなく頭脳でベートーヴェンを聴いている。と思う。」

　これは五味康祐の『日本のベートーベン』からの引用であるが、このシチュエーションは、私たち戦後学生の姿をも彷彿させるものであった。このとき、たった一杯のコーヒーで、たっぷり名曲鑑賞に浸かっていられた時間は私には貴重であった。

　フランス映画『楽聖ベートーベン』は戦前に作られたものだが戦後になって上映された伝記映画である。確かアリー・ポールという俳優が演じていたと思う。ベートーヴェンのデスマスクの彫刻とそっくりな顔を振り回し、ピアノに向かって吠えるような大声を放ちながらオーヴァーに弾いていた画面は今でも思い出す。生涯を通じて貧困、失恋、耳疾、肉親の問題など様々な苦しみと戦いながら、音楽史上に不朽の傑作を創造した過程を描いた映画はかなり暗いものであった。彼の永遠の恋人と言われたジュリエッタとテレーズを演じた女優の顔は今でも目に焼きついて離れないでいる。

一九九一年はモーツァルト没後二百年、日本では平成の年代になってから、人気が逆転したように思える。栄養たっぷり、重厚なステーキのようなベートーヴェンの曲に比べ、モーツァルトのそれは、パセリやセロリと言った軽くさわやかな添え物のような扱いであった。だが、彼の三十五年の生涯で矢継ぎ早に創り出された彼の曲は、決して軽いものではなかったし、没後記念による膨大な数のＣＤ化により発掘された名曲を聴いてみると、その鑑賞度はベートーヴェンに匹敵するものがある。苦悩の末に生まれたベートーヴェンの音楽と異なり、快適で、自由自在に音色が広がり、しかも感傷的で、宗教的とも言える美しさ、まさに天国からの啓示を享けたような安らかな快い響きと言える。

日本でも公開された映画『アマデウス』を観ると、女たらしの遊び好きで、宮廷でもケラケラと下品な笑いを振りまき、貴族たちを戸惑わせ、自信過剰で気まぐれな若者として描かれる。だが、作品に触れるとき、奇跡とも言えるような高貴で才気にあふれた音楽がくり拡げられる。当事の宮廷作曲家サリエリは、モーツァルトの妻が生活のための金銭を得ようと、内緒で持参した彼の作曲中の楽譜を見たとき、あまりの美しさに震えるように感動し、思わず手元に積まれた楽譜をパラパラと床に落とし、モーツァルトの妻と一緒になって慌ただしく拾いあげるシーンは印象的である。

「……それはともかく、モーツアルトの伝記作者たちは、皆手こずっている。確実と思われる彼の生活記録をどう配列してみても、彼の生涯に関する統一ある観念は得られないからである。……何処にモーツアルトという人間を捜したらよいのか。やがて、恋愛、結婚、生活の独立ということになるのだが、僕等は、そこに、この非凡な人間にふさわしい何物も見つけ出すことはできない。……芸術は生活体験の表現だという信仰は次の時代に属したただろうが、そんなことを言ってみても、彼の統一のないほとんど愚劣とも評したい生涯と、彼の完璧な芸術との驚くべき不調和はどうしようもない。……」(小林秀雄『モーツアルト』より)

私たちがモーツァルトを聴くとき、彼の生涯に関する記述がどのようなものであろうとも、作品そのものの評価は少しも衰えることなく私たちの耳に響いてくる。

身近にいる友人が、永い闘病生活の末、ようやく社会復帰し、わが家の書斎に戻ったとき、冒頭、「ああ、これでまたモーツァルトが聴ける」と、涙を流し、手放しで喜んでいたことが忘れられない。

戦後日本は、高度経済成長のせいで、みんなゆとりを持つようになった。モーツァルト没後二百年の行事は日本でも華やかに繰り広げられた。そして、マスコミやレコード会社の儲け口にもなった。そこには「なにもベートーヴェンのように、がむしゃらになって理想を追求することはない。これからの時代は心豊かに、苦労のない高齢福祉社会を目ざすのだ」という風潮が、人に優しいモーツァルトの音楽を呼んだのかもしれない。クラシック音楽の世界にも、時代の風潮や気質が、色濃く反映されていて、その浮き沈みが面白いとつくづく感じた。

ロマン・ロランの『ベートーベンの生涯』から

私は青年期の一時期、フランスの文豪ロマン・ロランの小説に夢中になっていた。

彼の著作『ベートーベンの生涯』で、続々と傑作を生んでいたベートーヴェン第二期の作品群を、特に「傑作の森」と呼んで、ベートーヴェンの作曲生活を克明に描いており、ひとしお感銘を受けた。

一八〇〇年代、難聴に悩まされていたベートーヴェンは、曲のイメージが湧くと、住居から飛び出した。郊外のハイリゲンシュタットの森へ散策と称し、雑念を廃すために、自然の中に身を投じながら、数々の名曲を生み出し脳裏に刻み込んでいった。どんな名曲が作り出されていたか探ってみよう。

彼の年表から、すでにこの時、『ピアノ・ソナタ第八番「悲愴」』と『第十二番「葬送」』が作られている。そして珍しくバレエ曲『プロメテウスの創造物』、『七重奏曲』、いくつかの弦楽四重奏曲、『ピアノ・ソナタ第十四番「月光」』と続き、『交響曲第二番』、『ピアノ協奏曲第三番』、そして有名な『クロイツェル・ソナタ』、さらに、『ピアノ・ソナタ第二十一番「ワルトシュタイン」』、『ピアノ・ソナタ第二十三番「熱情」』と、彼の代表作が、ここにはもうキラ星のように表れている。

ベートーヴェン第一期の作品を含め、当時の作曲者たちの多くは、王侯貴族や教会などの依頼を受けて、祭事や王侯たちの娯楽のために曲をつくった。バッハ、ハイドン、そしてモーツァルトも、確かに聴衆を深く感動させる名曲を多く作ってはいたが、文学、絵画などを通して、自分の思想や心情を盛り込もうとする意欲はなかった。

人間は、〈生きる〉という現実で、絶えず厳しい運命に遭遇し、翻弄されながらも、それに対決しながら生きなければならない。そして、それに打ち勝つためには、特に自分の思想と心情を盛り込むことが必要である。これは特に、芸術家の使命である。この問題を明白に目標とした最初の作品といえるのが、ベートーヴェンの『交響曲第三番「英雄」』であり、ベートーヴェンをして偉大な芸術家としての第一歩を記した記念碑的な作品といえる。

当初、この『交響曲第三番「英雄」』の楽譜草稿に、「ボナパルトに捧げる」と書いたのは事実である。フランス革命で、共和制を守り通したナポレオンの人間像を描き、ナポレオンに捧げていたことは明らかであって、彼を尊敬し、支持していたベートーヴェンは、ナポレオンのうちに、人民のための真の英雄を見、それを人間探求の頂点にして作曲したのであった。一八〇四年五月、パリにいた弟子から、ナポレオン皇帝就任のニュースを聞いたベートーヴェンは激怒し、楽譜の表題ページを引きちぎって叫んだ。

「あいつも普通の人間と何ら変わっていない。あいつは人間のすべての権利を足元に踏みにじった。自分の名誉心のみに仕えようとしている。ほかのすべての他人よりも、高いところに身を置く、専制君主になるだろう」

破られた楽譜の表紙に代わって、今日ある題名には、

「一人の偉大な人間の思い出を祝うためにベートーヴェンによって作曲された英雄交響曲」と書き込まれている。

人生で最も充実していた「傑作の森」時代の作品

『交響曲三番「英雄」』と『第五番「運命」』とに挟まれた『交響曲第四番「作品60」』は、前後の二作があまりにも有名なため、その陰に隠れた感じになっているが、決してそれらに劣らぬ傑作であると私は思う。ベートーヴェンの伝記によると、この作曲は彼の一番の充実期である「傑作の森」（フランスの文豪ロマン・ロランが命名）時代とされている。

一八〇三年から一八〇八年の六年間に、彼は考えられないほどのエネルギーをもっていくつかの傑作を生み出した。主なものでも『交響曲第三番「英雄」』『交響曲第五番「運命」』、そして『交響曲第六番「田園」』『クロイツェル・ソナタ』『ピアノ・ソナタ第二十一番「ワルトシュタイン」』、歌劇『フィデリオ』『ヴァイオリン協奏曲』『ピアノ協奏曲第五番「皇帝」』など、彼を代表する作品がこの時期に一斉に開花している。

この『第四番』にとりわけ明るい幸福感が満ち溢れているのは、この年ベートーヴェンは恋をしていたからである。彼の生涯の中で最も心身ともに安定していたときで、曲はあたかも馥郁とした草花の香に包まれ、森林浴をしているような清々しい気分に覆われている。わかりやすい表現には、歓喜、純情、ユーモアが屈託なく披露されており、のびのびとした曲調を完成させている。これを聴いているとき、あの気難しいベートーヴェンのものとは思えないくらいだ。

ベートーヴェンの人間生活と音楽の関わりはどんなものだったのだろうか。興味のあるところだが、彼が一番深い関係を持ったものはなんといっても〈自然〉であったと思う。自然が彼にとっては親友であり、心を許していた安息所であったことはよく知られていて、それは耳の難病によっていっそう深まっていった。

彼は常に自然の中にいて霊感を得ていた。広大な青空、森の中の鳥のさえずり、木々のざわめき、雨や雷鳴、そして嵐など、雲の流れさえ把握していたようだ。単純に自然を描写するということでなく、自然の中に自身を溶け込ませることを目指していた。

人間社会では絶えず耳のことを心にかけなければならなかったが、物言わぬ自然界ではその必要はなく、彼は素直に自分自身にかえり、自由に振る舞っていた。自然はどんなにか彼の心に安らぎをあたえていただろう。そして次々と楽想を発展させていった。

そういう彼の素直さに魅かれた恋人テレーゼとの手紙のやり取りは、はじめは不器用でぎこちなかったが、次第に浄化され、〈永遠の愛人〉として死に至るまで愛情を捧げあっていたことが手紙の中でも窺える。

テレーゼとその恋愛によってもたらされた曙光は、ベートーヴェンの『交響曲第四番』の明るさの中に反映される。そして改めて朴訥な人間ベートーヴェンに触れ、絶大な親愛感が泉のように湧いてくるのだ。

テンペスト・ソナタ

表参道通学の中学生時代は、私の生涯にとって最も青春を謳歌した四年間だった。それは、女性を意識し始めた甘美な追想でもあり、その結末は未成熟のまま終止符がうたれた。朝、表参道ですれ違ういく人かの女学生たちは、私たち学友の間でも最大の関心事だった。二、三人寄り合うといつも彼女たちの品定めが始まるのだった。その中で、私がどうしても見過ごせない女子学生がいた。

その人は私の学友たちの話題にならないほど目立たない、そして地味な雰囲気を持った娘だった。色は浅黒く、鼻は異常に高かったが高慢な感じはなく、いつも足元を見つめながら歩を進めていた。

私は学友たちの関心が、彼女から外れることをたえず願い、私が彼女に関心があることをもさとられまいと注意をはらいながら、彼女との朝の出会いを待ち望んでいた。その一人だけのひそかな喜びを独占したいという気持ちは容易に消えなかった。

かなり前方から彼女の姿を見かけると、私は意識的に歩をゆるめた。足に巻かれた巻脚絆（ゲートル）のゆるみを直すという理由で学友たちを前方へ追いやり、中腰のままで彼女とのすれ違いを待ったのだった。そして間近に迫った彼女の顔を中腰のままゆっくりと確認したのだった。

それは学友たちと一緒にすれ違うにはあまりにも惜しい一時であり、かけがえのない貴重な出会いだった。それに彼女の関心が私だけにという独占欲と目立ちたがり屋から来る見栄が働いていた。

さらに重要なことは、彼女と出会った朝は不思議とツキのある日であり、出会わなかった朝はひどい一日になると思い込むようになったことである。

軍国少年でありながら軍事教練の授業は一番嫌いだった。配属将校の教官から銃を装填する姿勢が悪いとかで何回も繰り返しをさせられ、その都度平手打ちを食らった。反対に英語の授業では発音のレッスンが優れているとかで褒められたなど、彼女との出会いのあるなしで事態が左右されているように思えてならなかった。

ある日、少しの時刻の遅れで表参道で出会うべき彼女とパッタリと駅の階段で遭遇してしまった。突然の予期しなかった一瞬であったので私は無意識にピョコンと頭を下げてしまった。彼女も私の不意の行動に驚いたようで、引きつったような微笑を見せたが、すぐに私よりも深々と頭を下げていた。

私は両耳が急に熱くなっていった。そして顔がほてり出してきた。彼女は以前から私を意識していたことが態度ではっきりわかったのだ。その日一日の授業はまるで頭に入らなかった。

翌日もいつものように表参道ですれ違った。だが、二人とも前日のことなどまるでなかったように平然とした態度を装っていた。

いつか必ず二人が声をかけ合わせる事態が来ることを信じつつ私は時の経過を待ったがついに来なかった。

二人の間にはこれ以上の進展はなく、それから間もなく私の学徒勤労動員という形で、表参道の通学は停止されていった。

すぐに溶けてしまう雪景色のような淡い出会いと別れだったが、私にとっては人を慕うことの最初の体験だった。

舞い落ちたケヤキの枯れ葉が人に踏まれ、ザクザクと乾いた音を立てながら崩れていった頃、私は期末試験の勉強に追い立てられていた。

表参道から裏道に入ると、閑静な住宅街が続き、穏田と呼ばれていた曲がりくねった路地へと進むと、いつの間にか明治通りだった。

ここからさらに校庭の裏門までは、通行人のほとんどいない生活道路が続く。試験期間の登下校時には学友や通行人との遭遇をさけ、一夜漬けで作ったノートや参考書などの丸暗記をしながら歩をゆるめるには格好の道筋だった。

一週間の試験期間は毎日午前の三時間で下校になった。その日の試験が終わった早い昼下がり、私はいつものように歩をゆるめていた。すると路地に面した洋館づくりの家からピアノの快い音が流れ、私の耳をなでた。私にはピアノ教師によるクラシック曲のレッスンであることが容易にわかった。演奏が数分続くと、いつも同じ箇所で音が止み、教師のカン高い声に正されて、何回も繰り返しを重ねていた。

それが、毎日のように続いていたので、私も、耳に付いてしまい、曲のフレーズを口ずさむほどに馴染んでいった。

白馬にまたがった少女が、一定のステップで草原を駆け回っている。軽いテンポだが、一抹の不安に耐えられず追われているような雰囲気。そんな勝手な曲想を私は抱いていた。そして、この曲を丸ごと聞きたいという願い。試験が済んだあとも徐々に膨らんでいった。だが、その曲は卒業してからもしばらくは聞くことがなかった。

悪夢のような戦争が終わってから二年。そのピアノ曲が名曲喫茶店のレコードで流れていたとき、私は震えるような感動を覚えた。表参道通学から数えると、五年余りが過ぎていた。その曲、ベートーヴェンの『ピアノ・ソナタ第十七番「テンペスト」』の全楽章をようやく聞けたころ、私は心身ともに深手を負った敗残兵という惨めな状況にあった。そしてそこから立ち直れず、無目的な荒んだ生活をしていた。それだけに、この曲との再会は、長い間さがし求めていたものを見つけた以上に、生きることへの目標の発見としてエネルギーになっていった。

もうこの曲はいつでも好きなときに聞ける。そのたびに表参道のケヤキ並木と枯れ葉、そして毎日のようにすれ違った女学生が瞼のうら側でいつも息づいてくるのだ。

表参道通学の四年間を、戦時下という不毛な時代の砂漠にたとえるなら、この登下校のひとときは「オアシス」だった。そして、この時初めて耳にした「テンペスト・ソナタ」

こそ、私の青春の日の断章であり、今もなお心の中にしっかりと定着しているのである。『ピアノ・ソナタ第十七番ニ短調・作品三十一の二「テンペスト」』は〈大あらし〉という意味で、私にとっても嵐のように走り抜けた束の間の青春だったと言えそうだ。

「第九」の演奏は世界的な風物詩か

そろそろ年の瀬、また「第九」の季節がやってくる。あの耳慣れた「歓喜の歌」の調べがどこともなく、日本人の耳に流れてくる。ただ流れるだけでない。都会の人間にとっては、忘年会のどんちゃん騒ぎと重なるだろうと思われる。今では世界中で最も「第九」が鳴り響く国となっている。ドイツ語歌詞を学び合唱の一員となるための訓練に励む老若男女は、この曲の舞台演奏に参加を夢見る。あらためて異国語の歌詞と曲が日本の風物詩になることは異常と映るかもしれない。昔の風物詩を知っている私は、子供から老人までが一か所に集まった「一万人の阿波踊り大会」や各地方の盆踊り大会を知っているだけに奇妙に感じるはずであるが、年を刻む毎にこの「第九」の演奏が盆踊りの感触と共存しているのが世相になったのだ。

子供の頃よりクラシック音楽が身体に沁みこんでいる私は、日本で年の瀬になると演奏されるこの『交響曲第九番』（第九）の由縁に何故関心が集まるのか解らなかった。晩年になるに従って、私のこの関心度は年の経過とともに少しずつ変化しているように思えてきた。この曲が他国の風習から生まれたものではなく、一人の偉大な人間が成し遂げた偉業から生まれたものであるからである。

ベートーヴェンという一人の作曲家の作品の多くは「闇から光へ」とか「苦悩を通して歓喜へ」といった図式で作られたものが多い。この二つのフレーズは、ベートーヴェン自身の人生を表示したものに他ならないからである。晩年のベートーヴェンは、孤独で家族もなく、さらに著しい難聴で老後の生活を営んでいた。彼が自分の内面の殻に閉じこもらない方がむしろ、不思議なくらいであった。彼の偉大さはその隘路から「逃避をしない」ことであった。

常人なら耳の障害とか不遇な生活という諦観の中で、神の声を求めたであろう。しかし、ベートーヴェンは当時の教会中心の宗教的世界には逃げ込まず、どこまでも現世界での苦悩に立ち向かっていたのだ。

ベルリオーズという作曲家の生涯を凝縮して語っている曲

人間とは贅沢なもので、それほど深刻ではなくても、何か大きな壁のようなものにぶつかり、それに立ち向かいたいような緊張感が欲しくなるときがある。そんな時、若しここに挙げられるような豪放な『幻想交響曲』が流れていたら、たちどころに心が満たされてくるだろう、そんな気がする曲だ。

この曲ははじめて聴く者にとっても比較的わかり易くできている。言葉による説明は、かえって難しくする可能性があるが、私が得たイメージを感じたまま語ってみる。

《鋭い感受性と豊かな想像力に恵まれた一人の若い芸術家が、恋の絶望に打ちひしがれて麻薬などに溺れる。彼の神経は「死」に立ち向かうにはあまりに弱く、深い眠りに誘い込まれてしまう。そして一連の甘美で奇妙な幻想の世界に入り込む。》

この幻想の変幻が曲の内容であると思えばいい。

単純な気持ちでは聴けない緊迫した音の連続で貫かれているので、いわゆる癒やしの音楽とはいえない。だが、それぞれの楽章のイメージはわかり易く、あらかじめ、その音の内容とするところを知っていたほうが素直に入り込める気がする。五十分を超える長大な曲ではあるが、冗漫さも倦怠感も感じさせない標題音楽の傑作であると思う。

「夢と情熱」「舞踏会」「野の風景」「断頭台への行進」「悪魔会議の夜の夢」という各標題は見事にその情景を現している。たとえば第二楽章「舞踏会」では「騒がしく華やかな祭りの舞踏会で、彼は再び愛人の姿を見出す」とある。優雅なワルツが流れてくる。ふと、踊るカップルの輪から彼女の躍如たる容姿が目に映る。

彼にとっての一瞬は、辺りのざわめきも、ワルツの音も、突然静止してしまい、踊る彼女の優雅な容姿だけが、眼中に絞られてくる。それは流れるような無声映画の世界だったのだ。彼の心臓が妖しげな鼓動を打ち始める……。輪舞の中の人々の動きに従って、彼女の姿も見え隠れする。輪舞の影の流れは、目を覆われては失い、耳に入るワルツは消えたり現れたりするうちに、彼は失神状態になる。大舞踏会の流れにカメラを回した映画の一コマを彷彿とさせる楽章。

私の一番好きな楽章、「野の風景」を聴くと、他の楽章とは違った安堵感のある牧歌風に緩やかな楽章が流れる。寂れた田舎の夏の風景が広がり、二人の羊飼いが吹く牧笛のデュエット、樹木のささやき、雑草のざわめき、草原を渡るさわやかな風の流れの感触が、音の強弱や抑揚によって手に取るように感じられる。そして日没、遠方から響く雷鳴、孤独感、そして一瞬の静寂。そこにはヨーロッパの田園絵画が眼前に広がるように展開され、静かな情熱が湧き出すようなのだ。

とにかく一度聴いてしまったら、忘れ難いなにかが残る曲である。

音楽史を覗くと、この曲ではベルリオーズという作曲家の生涯を凝縮して語っているとされ、彼の音の自分史の断片のようだと評されているのも私なりに頷ける。

こんな曲をいま堪能できる歓びと時間はめったにないと、私は思っているし、これを聴けることは貴重な財産であるとも思う。

演奏で気に入っているのはジェイムス・レヴァイン指揮のベルリン・フィルのもいいが、やはりフランスの香気あふれたシャルル・ミュンシュ指揮のものが絶品であると思っている。

ドイツ音楽を二分したブラームスとワーグナー

ドイツ音楽を二分したロマン派の論争はワーグナーの新しい芸術の幕開けだった

十九世紀後半の、ワーグナー派とブラームス派の論争は、形の上では革新派といえるワーグナーの時代創造の精神を追究し、「オペラ」を「楽劇」にまで高めたことであった。その成果によって、音楽の概念を、文学や絵画など他の芸術のジャンルにも求め、そのための具体的作法の運動を展開し政治の世界にも及んでいた、まさに今で言うマルチタレントであった。

ドイツの芸術的な革命大作曲家として、名声は二十世紀のナチ政権下での活動を通過してもさらに、ドイツ国民のみでなく世界の作曲家として輝いている。

ワーグナーのオペラは、芝居として観ても、音楽として聴いても巧みさが溢れ出ていて、しかも長大な時間を要するので、敬遠しがちである。

現代に生きている筆者が、青年期、初めてワーグナーに接したのは、数少ないワーグナーの、単独で演奏される管弦楽曲、それもアメリカ映画の画像からだった。確か、ジーン・ネグレスコ監督『ユーモレスク』と記憶する。この映画の劇中の曲が、《楽劇『トリスタンとイゾルデ』三幕》のうちの管弦楽版であった。目まぐるしく変転する恋愛心理を描いていた映画作品で、観客の興奮心理を狙った作品と思われる。

ワーグナーも同様、繰り返す自分の不幸な結婚から、真の愛の幸福を願い、作品の中でこの願望を取り入れることを絶えず、この楽劇の創作として考えていた。

《楽劇『トリスタンとイゾルデ』》は、愛欲、愛の法悦境、性愛官能の最高音楽と言われ、とくに最後を飾る「愛と死」は、管弦楽曲としても単独でしばしば演奏されている。性愛をあたかも一つの宗教のように崇高で聖なるものにしようとして、すべての技法を用いて試みようとした曲として、後世の評論家は高く評価している。

壮大な歌劇や楽劇を作り、当時のバイエルン王国や、その後のドイツ全土に政治的にも大きな影響を与えた政治家としてのワーグナーは、実生活においても、自分のライトモティーフの手法を駆使するように、女性遍歴は絶えなかった。

カレーライスの味と交わしたブラームスの交響曲

三十代のある時期、私はブラームスの交響曲に陶酔した時期があった。

特にその第一番をめぐって、同年輩の二人のブラームス・ファンと親しい論戦を交わしたことがあった。なぜ、第一番なのか、現在の私は、いまだにその理由を明確にしないまま過ごしてきた。ただ、この時の友人の家庭の温かい雰囲気と、味わったカレーライスの味だけが、何故か印象に残っているのが不思議なことだと思っている。

クラシック音楽の楽しさは、親しい人とその曲について語り合うこと。それが人生の唯一の歓びであり、生き甲斐だと思っている。その出会いが一過性だろうが持続的だろうが、関係なく、内容はそれぞれが感傷的で、かつ親近感が盛られ深い懐古的なものが満たされ、それが心の底に収まっておればそれが満足感だと、私は思っている。

　さて、音楽誌などの写真で見るブラームスというと、大抵の人はいつも髭を蓄え、不機嫌な顔をした老人を想像する。しかも、作曲した音楽も地味なものが多く、ピアノや室内楽曲ばかりに接していた。そして、四曲の交響曲全てには副題がついていない。彼の師であるシューマンには、同じく四曲の交響曲があるが「春」とか「ライン」といった副題がついていて、親しまれている。しかし、演奏回数やＬＰとＣＤの売り上げを見ると副題のないブラームスの方が人気が高い。その一つの理由として実は、ブラームスは今で言う「イケメン」であったのだ。しかもブラームスは美青年でいながら、浮ついたところのない、真面目な若者だったという。無口で付き合いにくい、ところもあったようだが、音楽に対しては厳しく、一途に自分の音楽を目指して努力していた。しかも、ごう慢でもなく無礼でもなく謙虚な青年であったようだった。彼は、心情的にはロマンティックでありながら、作曲はあくまで古典的な均衡、型通りの形式美をもった作品を書き続けていた。

　ワーグナー、ブラームス、ブルックナー、ドヴォルザーク、マーラー、リヒャルト・シュトラウスは、十九世紀後半から二十世紀初頭を代表する大作曲家たちだ。これらの人たちの演奏会は今でも毎日のように開かれ、ＣＤも大量に、そしてインターネット上にも、これらの作曲家たちの情報は氾濫している。上記の作曲家たちには、それぞれの個性があり、それぞれの曲想を抱きながら音楽に向かう姿勢を示していた。クラシック音楽史を語る上で、彼らたちは「後期ロマン派」という枠組みの上での作曲家として整理され、そして活躍していた。そして、この時代の作曲家たちにとって、ベートーヴェンは目標とすべき最大の作曲家であった。とくに、ブラームスは信仰に近いほどの尊敬を抱いていた。

この時代のクラシック音楽史上の特徴は、モーツァルト、ハイドン、そして、ベートーヴェン、などの「古典派」時代から、シューマン、ショパンなどの「初期ロマン派」を経て、一段と物語性を帯び、その曲想やスタイルは自由で、しかも幻想的なものになっていった。その急先鋒がワーグナーであったのだ。ところが、ワーグナーよりも二十歳も若いブラームスの音楽は「擬古典」ともいうべき、ある種の古さを持っている、そして伝統的な形式にこだわった作品も、ベートーヴェンを目指したものであった。

だが、「後期ロマン派」の中で独自の世界を目指し、その急先鋒を行くワーグナーとは一線を画していたのは、何故なのだろうか。内気で生真面目そして若い頃から好青年といわれていたブラームスは、当時から独自の才能が発揮され次々と名曲を書いていた。しかし交響曲だけはなかなか着手できなかった。ブラームスが最初に交響曲の着想を得たのは、二十二歳の時であった。彼は推敲に推敲を重ね、完成したのはなんと二十一年後の四十三歳のときだった。如何にベートーヴェンのプレッシャーが強かったか、が想像でき、その葛藤に思いを寄せると頭が下がる思いである。しかも、その交響曲第一番は、ベートーヴェンの交響曲の類似や模倣どころではなく、この曲を初演した有名な指揮者ハンス・フォン・ビューローは、「ブラームスの第一交響曲は、ベートーヴェンの第十交響曲である」と明言している。ブラームスにとっては、これ以上の賛辞はないと思われる。このハンス・フォン・ビューローの言葉は、ブラームスを神格化するようだが、ワーグナーという一方の対立する派閥の論者たちに対抗するために語られたものだった。

ブラームス作曲『交響曲第一番』を何回か聞いている私は、この曲の名曲である由縁を学習しながら、その都度楽しんでいる。そして、この拙文の冒頭で掲げた二人の親友との、まさに、ブラームスを俎上にして口角泡を飛ばす様なディスカッションは、私の音楽鑑賞歴の一里塚だった。

一言でいうなら、この時代「後期ロマン派」は、音楽史上対立の時代であり、それは、ブラームス派対ワーグナー派の対立という視点を持っていたということである。ブラームスとワーグナー、二人はそれぞれ個人的に対立しただけではなかった。音楽の世界のみならず、社会をも巻き込んだ風潮と化していったのだった。この頃からのドイツ国民が最も好んでいたのはワーグナーの「楽劇」であった。続くナチスの時代には国民あげてのイベントと化していった。ワーグナーは数多くの音楽理論書を執筆し、ブラームスを筆頭とする保守的な作曲家たちや評論家を相手として、自身の「楽劇」を中心とする音楽理論を繰り返しその正当化を目指した活動を繰り返していった。

私が、このことについて学んだことといえば、「絶対音楽」と「表現音楽」という言葉である。ブラームス派が形式を重視し音楽を〈動く形式〉とみなし、感情や〈ものごと〉の描写ではない絶対的なものを目指そうとする意見に対し、ワーグナー派は、音楽によって人間感情や思想を表示し、言葉や文学のように音楽を人間の心理や行動を描き出す〈表現する音楽〉を目指そうとする。この視点はさらに時代を超えて、今、二十一世紀の初頭にまで進んでいると、私は思う。

「ロマン派」の体現者は恋愛の結晶として名曲を仕上げた

前期、後期を問わず、この時代の作曲家たちの人間生活には、絶えず愛情生活が存在していた。とくに、ロマン派の音楽においては、恋愛が音楽の根源にかかわるものが多い。ショパンにおけるジョルジュ・サンド、リストにおけるマリー・ダグー伯爵夫人、シューマンとブラームスにおけるクララなど、映画、文学など現代まで語られるが例が多い。

作曲家ロベルト・シューマンとその妻クララ・シューマンは、クララの父からの猛反対を受けながらも最終的には結ばれた。

当時、天才ピアニストとして名前を轟かせていたのはクララ・シューマンであり、父親から見るとロベルト・シューマンは、挫折したピアニストだった。

二人は何度となく切り離されて、そのたびに思いを募らせながら、その絆を強めていった。その繰り返しの中での思いを作曲に結晶させていった。

おそらくロベルト・シューマンのすべての名曲は、すべてクララへの愛を作品に盛り込もうとしたのだろうと思われる。

自分の女性に対する思いを音楽の中に結晶させる。それは、ベルリオーズが、スミッソン夫人への思いを『幻想交響曲』の中へ投入したように、ロマン派の作曲家たちの生き方であったのかもしれない。

音楽に絶えず憧れを抱き、自分の内面の奥にある恋愛感情を描いたものには、マーラーの歌曲集『さすらう若者の歌』がある。

マーラー二十四歳の時の自身の作詞、作曲であり、臆面もなく、自己の恋愛感情をさらしているのは、ロマン派時代に生きた芸術家の愛の表現の特質といえる。

この歌曲集の各楽章ごとには「恋人の婚礼の日」「朝の野を行けば」「失恋の中、胸に刺す剣」「さすらいの旅に出る私」という具体的内容が、明確な旋律によって反映されている。

さて、私（筆者）の二十四歳の頃の履歴を考えながら、愛情感情や恋愛体験がどんなものであったかを、想像する手掛かりになると思って、この曲の鑑賞に挑戦したが、やはり凡人、何も得られなかった。学歴と環境の相違であろう。

室内楽の楽しさ

演奏家が自らの楽器で、快く演奏しているスタイルを見ることは、見る側にとっても音楽の楽しさに通じるものがある。

テレビの生演奏中継によるライヴ演奏。それぞれ年代の異なる男女四人による弦楽四重奏曲の演奏を観ながら、あらためて室内楽の楽しさを味わった昨今。

第一ヴァイオリン、第二ヴァイオリン、ヴィオラ、そしてチェロ、という編成によって、それぞれの楽器の個性が表現されていながら名曲を奏でるシーンは、やはりクラシック音楽でこそと思うのだ。神経質なヴァイオリン、理知的なヴィオラ、あくまでも冷静で底流を流すチェロ、と一体感は見事であった。曲目は、ドヴォルザークの『弦楽四重奏曲第十二番「アメリカ」』で、室内楽中の名曲である。

気心の知れた友人たちが、四、五人集まって話し合うことはまたとない楽しみである。話題が尽きたころ、興に乗った一人が歌い出す、すると他の者がこれに和して乗り出してくる。いつの間にかハモって合唱になっている。今日の四重奏が人気あるのは、こんなところかもしれない。

だが、室内楽は、十七世紀のはじめ当時の貴族の邸内で初めて行われた音楽形式で、スカルラッティやハイドンに至るまで様々な室内楽を生み出している。

それ以後、ベートーヴェンは、上記に加えて、コントラバス、クラリネット、バスーン、ホルン、を加えた『七重奏曲』を作り、管弦楽器のそれぞれの表現の世界を作り上げている。ブラームスは、『交響曲第一番』を作り出す前、二十一年間にわたり、様々な楽器の組み合わせの室内楽曲を作っている。

現在私たちが楽しんでいるクラシック音楽の大半は、指揮者のいない室内楽曲である。ピアノ・ソナタをはじめ、五重奏曲、六重奏曲を含めた室内楽曲が多いのだ。

エルガー　気品とペーソスそして節度ある《はにかみ》を持った行進曲『威風堂々』

　イギリスの国家行事では、大きな儀式や、スポーツの祭典のときなど、よく演奏され、その閉幕のイベントになると、用意されたオーケストラと一緒になって、数千人の観衆が一斉に立ち上がってこの曲の歌詞の部分を合唱したりする曲想になっている。この国の作曲家エルガーのこの曲は、私たち他民族には理解できないジェントルマンシップのような雰囲気に満たされる。直訳すると「Pomp and Circumstans」（厳粛な行列）と訳され、これを「威風堂々」とした日本語訳は見事だと思う。

　この曲がエドワード七世の戴冠式に演奏されて以来、イギリス本国や殖民地に限らず世界中で愛されているのは、この行進曲の中間部に出る「希望と栄光の国」と言う旋律のせいだろうと思う。

曲中ほとんど形を変えないで繰り返されるこのメロディーは、第二のイギリス国歌として愛され、エルガーの面目躍如たるものと言いたい。通俗的ながら、親しみやすく、気品にあふれ、ペーソスを感じさせるこのメロディーを、二十世紀のイギリス紳士たちは、シルクハットをかぶり、片腕にこうもり傘を引っ掛け、絶えず葉巻をもちかえて、この旋律を臆することなく感情こめて歌っている姿を見ると、荘厳さのなかにも若い血潮が熱くみなぎっているようで共感できるのだ。

行進曲というのは、いつでも私たちの心を弾ませてくれる。快適なリズムが生理的に、感覚的刺激を与えてくれ行動的に脳を刺激してくれるのだ。なんでもないようなことで滅入ったり、もやもやした憂鬱感が気持ちから離れないときなど、行進曲に接すると、スカッとした勇壮で闊達な気分が湧いてくる。

だが、このエルガーには前述の行進曲とは少し違った雰囲気がある気がする。それは一言で言えば気品とペーソスそして節度ある《はにかみ》があるからだろうと思う。あのウィーンのニューイヤーコンサートの最後に演奏される『ラデッキー行進曲』や歌劇の『アイーダ行進曲』、『ハンガリー行進曲』など無数にある行進曲の熱狂さを聴くとわかると思うが、この曲には浮かれた華美をことさら拒否したようなあるもったいぶった威圧感と、儀式や風習の威厳を謳歌するある圧力を感じるのだ。

二〇〇二年サッカー・ワールドカップでは『アイーダ行進曲』を凱旋のメロディーとしてサポーター席で間断なく声援として流れていた。粗野で結構なのだが、冒頭のイギリス紳士の声援との時代の差が強く感じられる。

エルガーには『愛の挨拶』とか『朝の歌』『夕べの歌』という小品があるが、一度聴くと忘れられない曲だ。フランスのシャンソンのようなメロディーがたまらない。

音楽には国境も時代もない、人類の財産であることが、あらためて私の身近で確かめられている。

チャイコフスキーの『交響曲第一番「冬の日の幻想」』

ロシア的な素材を西欧的な手法で表現しようとした作品

長年、クラシック音楽を聴いていると、いまさらのように音楽とは国の風土の一部であるという気がしてならない。その国の風景や、人々の生活、そして歴史や文化といったものと音楽とは切っても切れない関係があるのだと今さらながら思う。時代と共に複雑に入り組んできている、ヨーロッパ諸国やロシアには特にこの国土の違い、民族感情の違いが顕著だといえる。

この年齢になっても一度も外国の旅をしていない私が、各国の音楽をやたらと聴いているだけなのに、その音楽のもつ国の特性やら文化の違いや民族性が次第に理解できはじめているのは、やはり音楽の持つ本来の個性の魅力の故であるのだと思う。

そしてそれが今の私のいわゆる〈癒やし〉になり、生活の活力にもなっているのは各国の風土の差異に興味が注がれるからであろう。

今回は日本人にも広く親しまれているチャイコフスキーの音楽に触れてみる。一般的に、ロシア音楽について考える時、真っ先に浮かんでくるのはやはりチャイコフスキーだろう。だが、厳密にいうと彼は、ロシアの風土が生んだ作曲家と言うより〈ロシア風〉の作曲家といえるのではないかという気がする。というのは『くるみ割り人形』や『交響曲第六番「悲愴」』の曲風からはあの広大な白い、寒風吹き荒れる酷寒の大地のイメージは湧いてこないのだ。だが、曲は高い評価を得ていて、親しまれている。

チャイコフスキーが輩出されるまでのロシア音楽は、ドイツを中心として生まれた古典音楽の形式が主であった。

チャイコフスキーは、この形式を積極的に取り入れた初のロシア人作曲家として世界的にその名を知られるようになったといえる。同時に、彼はロシア人的立場からはだんだんと離れていって、いわゆるロシア人としての西欧音楽の先駆者ともいえるようになったのだ。

このことは、同時代、最もロシア音楽といわれた例の「ロシア五人組」の曲を聴いてみるとその違いがわかる。五人組とはムソルグスキー、ボロディン、リムスキー・コルサコフ、バラキレフ、キュイであるが、十九世紀後半にロシア民族主義的な芸術音楽を目指した。彼らを中心に花開いたロシア音楽は後にストラヴィンスキーやプロコフィエフ、ショスタコーヴィチなどのロシア的ロシア音楽を世に送っている。少し意地の悪い見方をすれば、チャイコフスキーは、あの素晴らしいバレエ音楽や器楽曲の出来栄えの中に、西欧人の作曲家の仲間入りを目指しているようにも感じられる。しかし、私たちは、むしろこういった西欧的作品の方を好んで聴いているようなのだ。

そうはいうものの、チャイコフスキーはやはりロシア人でありロシアの魂は限りなくおおらかで、そして美しい個性を持っている。個人的にいえば、最近は加齢のせいかオペラ『エフゲニー・オネーギン』のアリアにかなりの愛着を感じるし、交響曲も第六番の「悲愴」より、まだ西欧的なものに染まっていない『第一番「冬の日の幻想」』の方に惹かれていくのだ。もちろん、私の半生の枯渇から来る個人的好みでもあるのだが。

この曲の良さは、ロシア的な素材を西欧的な手法で懸命に表現しようとしたチャイコフスキーの若さと情熱が溢れている点が第一に挙げられる。第一楽章冒頭、ぴゅうぴゅうと寒風が吹き荒れる白一色の大平原をイメージするような曲調の展開が、次々と覆いかぶさるように耳に迫ってくるのは私だけだろうか。

この第一主題には明らかにロシアの匂いが感じられる。交響曲にこのロシア的素材にドイツ的手法を持ちよって、真っ先に挑んだのがチャイコフスキーであり、国民楽派（ロシアを含むスラブ諸国・北欧・スペインにおいて、自国の民謡や音楽形式を重視した楽派）や先の五人組の人たちも一目置くようになっていったのは、彼の曲には絶えずこのロシアの大地イメージが見え隠れしているからだろうと思う。

一八五九年、チャイコフスキーは、なんと、王立の法律学校を卒業し、高級官吏として法務省の課長補佐にまで任命され、帝政ロシアの官位ではキャリア組であった。彼の音楽しか知らない私たちには想像もつかない経歴を有している。

一時期、彼の音楽は構成が脆弱で、いたずらに感傷的、大甘な作曲だ、と評価されていたときがあった。しかしそれは当たっていないと思う。チャイコフスキーには、彼独特の構成がきっちりと詰まっている曲がほとんどであると思う。

音楽評論家の寺西春雄氏は「チャイコフスキーの音楽は、視点固定、遠近法の西欧風の構成ではなく、視点を移動させながら、その場その場の表現を密にし、それを巧みにつなぎ合わせるうまさが生きている」と評している。確かに一愛好者に過ぎない素人の私でも、聴いてみるとそのことが、よく理解できる。

例えば『幻想序曲ロミオとジュリエット』の物語を追う手法といい、『ピアノ協奏曲一番』に見られる鍵盤の移動感や『憂鬱なセレナーデ』のような感情過多と思えるような弦の動き、などを何回となく異なった演奏者から聴きとってみても、それが明らかにいえると思う。そしてこれは私の独断と偏見かもしれないが、憂鬱なセレナーデのその視点とは、他に見られない「ロシアの大地から生まれた」ものであり、その構成力は彼が法律家（官僚）という履歴からくる、ある種の硬さと律儀さを伴った真摯なまじめさではないかと思う。

こんな難しいことを考えながら聴いていても、やはりチャイコフスキーの親しみやすい流麗なメロディーと叙情は、オペラにしろ、バレエ曲にしろ、歌曲に至るまで、深遠な色彩感によって、少しも変わりなく私たちを惹きつけて止まないのである。

チャイコフスキーの曲とロシア音楽

永年クラシック音楽を聴いていると今さらのように、音楽とは、その国の風土の一部である気がする。その国の風土や風景、人々の生活そして、歴史や文化、といったものとは切り離せない関係があるものと今さらながら感じている。また時代とともに音楽は、複雑に入り込んできている。とくにヨーロッパ諸国とロシアにまたがる国々の歴史や風土、民族感情の違いは顕著である。私自身は、一度も外国を旅していないのに、各国の音楽をやたらと聴いていると、やはり音楽の持つ本来の個性の魅力のみをいつも感じている。

ロシア音楽を考えたとき、真っ先に浮かんでくるのは、やはりチャイコフスキーである。『白鳥の湖』や『くるみ割り人形』などのバレエ音楽のメロディーは、日常生活の中でも耳にする時が多いし、演奏会などでも『交響曲第六番「悲愴」』や『第五番』とか、ヴァイオリン協奏曲とかピアノ協奏曲の演目になると、大盛況満席になる。

チャイコフスキーはロシア人だからロシア音楽というのかもしれないが、厳密にいうと、ロシアの風土が生んだ作曲家というよりロシア風の作曲家と言えるのではないかと思う。『交響曲第一番』には「冬の日の幻想」という副題がついている。いきなり冒頭に出る第一主題は明らかにロシアの匂いがしてくる。ロシア的な素材を駆使しながら交響曲のソナタ形式に挑んだ彼は、この楽想で高い評価をうけていた。しかし、その年にはオペラ『地方長官』や『幻想序曲ロミオとジュリエット』という物語性のある深刻な曲をも作曲している。

チャイコフスキーが排出されるまでのロシア音楽は、ドイツを中心として生まれた古典音楽が中心であった。彼はこの古典音楽の形式と、ロマンティックなロシアの民族性を抱え込んだロシアの作曲家では、初の西欧音楽の先駆者といえると思う。そして、この時代、最もロシア音楽といわれた「ロシア五人組」の曲を聴いてみるとその違いが少しずつわかってくる。

ムソルグスキー、ボロディン、リムスキー・コルサコフ、そして、バラキレフなどを中心に開花していた野性味のあるロシア音楽は、その後ストラヴィンスキー、プロコフィエフ、さらにはショスタコーヴィチなどのロシア的なロシア音楽を全世界に送っている。チャイコフスキーの作品を、これらのロシア的音楽と聴き比べるとき、『白鳥の湖』や『くるみ割り人形』の豪華絢爛さは、西ヨーロッパ的であり、チャイコフスキーはむしろ非ロシア的作品を目指しているようにも受け取られる。そうは言うものの、チャイコフスキーはやはりロシア人であり、ロシアの大地のもとで限りなく磨かれていた一人だと思う。

一八五九年に、チャイコフスキーは国立の法律専門学校を卒業している。帝政ロシア時代の高級官僚であった。私たちには想像もつかない経歴を有している。そういえば一音楽愛好家に過ぎない私にも、チャイコフスキー独特の構成力が作品の隅々まで詰まっていて、甘味な素朴なメロディーの中でさえ巧みな感情制御が随所に見られ、底深い詩情が迫ってくるのが感じられる。彼の人間性は、ただの抒情的ではなく、だからと言って社交的かというと否であり、高揚した時と落ち込んだ時の落差はかなり激しいものであった気がする。対人関係も不器用で、しかも同性愛者でもあったようである。そして音楽についていえば、彼の内面世界から生まれたインスピレーションは洪水のように彼を圧倒するに至り、実生活の人間関係とは対になっていたようだ。

先に挙げたバレエ音楽や悲愴交響曲の音楽のほかにも、私の人生の過程で忘れ得ぬ曲を挙げるなら交響詩『イタリア奇想曲』『弦楽セレナード』や歌劇『エフゲニー・オネーギン』の中での数々の詠唱である。いまより若い世代に聴いたこれらの曲が、頭から離れなくなり、その奥深いポピュラー性と色彩の豊かさに酔いしれたことが度々あったのだ。

チャイコフスキーについて私は、彼の死について多少の関心を抱いている。『交響曲第六番「悲愴」』が完成したのは、彼が五十三歳の八月である。彼自身の指揮で初演されたのが十月十六日。そして、二十一日に発病。二十五日の早朝死去というまさに異様とも言えそうな記録である。

チャイコフスキーは生水を飲んで、当時流行っていた「コレラ」に罹って死んだというのが一般に信じられている彼の死因である。そして、その死因については幾つかの疑問が出されている。伝染病とされていたコレラではなく、単なる毒物死だったという説と、身内の人の話で「チャイコフスキーの遺体は自分の住まいに安置されたままであった。数百人の弔問客がこの部屋に入り、遺体の手や顔に接吻をしたが、誰ひとりとして〝コレラ〟に感染した人はいなかった」と、伝染病説の矛盾を指摘している。そして、自殺説も有力な伝説である。

チャイコフスキーの死は衝撃をもって世界に伝えられた。そして現代二十一世紀になっても彼の死に関する諸説は、傑作作品の評価や演奏会の人気とともに衰えていないのが不思議でならない。

レスピーギ・交響詩『ローマの松』

十九世紀から二十世紀にかけてのイタリアは、ロッシーニに始まり、ヴェルディ、プッチーニと続く絢爛豪華なオペラの国だった。裏を返せば器楽曲や管弦楽音楽はそれほどの派手な収穫がないように見えがちだった。

しかし、この隙間や裏の部分の音楽史を立派に埋めていたのが、このレスピーギであった。

レスピーギは音楽学校卒業後ロシアに行き、ロシア六人組の一人、リムスキー・コルサコフについて学び、さらにはドイツへ出てマックス・ブルッフについて作曲技法を学んでいる。だからかもしれないが、ローマ三部作の描写力にはその影響が殊更に顕著であるような気がする。

ローマ三部作とは「松」と「泉」、そして「祭り」を主題にした三つの交響詩のことをいう。

交響詩『ローマの松』。曲は切れ目なく続く四つのパートに分かれ、それぞれに「ボルゲーゼ荘の松」「カタコンブの松」「ジャニコロの松」そして「アッピア街道の松」というタイトルが付けられている。

第1曲「ボルゲーゼ荘の松」には突然、間欠泉が噴き出るようなすさまじい管弦楽の輝くような響きにまず目が覚める。ボルゲーゼ荘の松並木で遊び興ずる子供の情景を描いているとされ、騒々しいが見事なオーケストレーションだ。

第2曲の「カタコンブの松」はキリスト教徒の墓の前で、重苦しくのしかかるような信徒の祈りのリズムが全体を包み込んでいるが意外に敬虔さがない。

第3曲の「ジャニコロの松」は実に鮮やかな描写力が発揮され、彼の才能の非凡さが出ている佳作。丘の上に立つ松の木が満月に照らされている情景を音によって執拗に描き出そうとしている。もしこれを絵画によって捉えるとすれば、水墨画になるだろうか。美しい旋律が、乾いた叙情とでも言うべき響きの中で繰り返される静かな章。終わりに近く、本物のナイチンゲール（夜鶯）の声を録音したテープは聴くものの意表を突く。

第4曲「アッピア街道の松」はこの曲の主張でもあり、まさに圧巻と言える展開である。古代ローマ帝国軍隊の進軍の様子を、その無気力さと力強さを圧倒的な重量感で盛りあげている。テンポを終始一定の速度に抑え、それを保ちながら音量を徐々に上げ、最後の行進ではかつてなかった凄い音量の中で軍隊が通過していく姿を描く。

イタリアを取り上げたクラシック音楽というとなにかローマの遺跡とかヴェニスのゴンドラといった観光名所案内的な印象をさかんに盛った曲が多いなか、レスピーギは、それらの通俗的な表現意欲をできるだけ廃し、無味で表面には現れないローマの片隅にある「松」の情景と彼の感じた歴史上のローマに思いを馳せていることにその特質が見られる。私見を言えばドビュッシーをさらに派手にした印象を受ける。

ドビュッシーの印象的な音楽について

朝寝坊、昼下がりのひと時になって、ようやくベッドから起き上がろうとしたとき、眠りとも休息ともいえるような不思議な心地よさに漂いながら時を感じることがある。そして、その気怠さがさらに仄かな甘い香りと漂うような安堵感の雰囲気を感じるほんのひと時、それを見事に引き出してくれる曲。クロード・ドビュッシーの『牧神の午後への前奏曲』は、もう私にとってはまさに至福の時間であり、怠惰と余暇を繰り返しているような生活に浸っている私には、うってつけの堪能する曲である。

この曲の雰囲気は、フランスの詩人「ラマルメ」のギリシャ神話に感銘したドビュッシーが、この《牧神》の目覚めを幻想して描いたものであって、この曲の気怠さは、どこから来ているかを探ると、ドビュッシーは元来が好色な男性であったからだといわれている。

「好色」とは、つまりは「恋多き男」である。もっとも、クラシック音楽の巨匠たちの「女好き」は珍しくはない。ベートーヴェンもワーグナーも何度も恋をしている。ただドビュッシーの場合は何となく派手さがなく、いわゆる不倫関係が多いようである。ドビュッシーが好色な《牧神》に自身を投影させているような作風は、感覚的にとらえると、さらに理解することができる。本稿冒頭の私の朝寝坊の没入もこの例に陥っていると思う。一般的にクラシック音楽には、副交感神経を高める要素が多いなか、緊張した感覚をほぐしたいときに効く音楽には、まるで乳呑み子を癒すような安らかさがある。

　ドビュッシーがこの『牧神の午後への前奏曲』を手掛けた十九世紀末のフランスは、美術における印象派の方が主導権を握っていた。歴史的な名画が生まれ多くの画家を輩出している。音楽の方は絵画程ではなかったが同時代の作曲家モーリス・ラヴェルと並んでドビュッシーも印象派の作曲家の一人とよばれていた。この「印象派」という言葉は当のドビュッシーやラヴェルも自ら否定しており、ただの「ぼんやりとした題名曲」として意図されていたようだ。この初期の作曲以来、ドビュッシーは日本の版画に憧れそれぞれによる作品も何曲か残している。私生活面でも壁間に〈広重〉とか〈歌麿〉などの日本の絵画を掲げ、日本の陶器やガラスの器に金魚を入れたりして堪能していた。

そして、一八七八年のパリ万国博覧会はフランスを中心として紹介されたジャポニズム（日本文化）で、フランスの美術絵画や音楽に新しい潮流を生み出した。ドビュッシーはこのジャポニズムに熱狂し、作曲面でも以後の「二十世紀音楽」の扉を開くような先駆的な作品を多く残すようになり彼の芸術観が出来上がっていった。

ドビュッシーは交響曲といった様式の作品はないが、オーケストラで演奏する曲としては前述の『牧神の午後への前奏曲』と『海』などが有名である。その他のピアノ曲や室内曲などを聴いていると、どこか東洋的な響きが感じられる。従来までの西洋音楽の枠の逸脱を狙った意図が常に感じられる。そして交響詩『海』は、ジャポニズムに熱狂し大きな影響をうけた作品で、この『海』の楽譜の表紙には、日本の画家・葛飾北斎の浮世絵『富嶽三十六景』の「神奈川沖浪裏」が使われている。泰然としてした〈富士〉を中心とした波のうねりを、ダイナミックに描いた曲線はまさに圧倒的である。しかし、私がドビュッシーの交響詩を聴くとまた別の感動を受ける。端的に言うなら、伝統的なクラシック音楽にスピードを強烈に植え込んだ「速度の世紀音楽」ともいう主観をも伴っている。音楽と絵画との一組の結合芸術作品といえるのかもしれない。
一九〇五年に初演されたこの「三つの交響詩『海』」の各楽章を概略すると、
第一楽章　海の上の夜明けから正午まで。暁の雲を彩る光と海面。
第二楽章　海の戯れ。楽し気に戯れる波の変幻。
第三楽章　風と海との対話。雷鳴と疾風に鞭うたれる狂乱。
　暴れる空と水との大激突。やがて、全てが過ぎると静穏な海が広がる。風と
　波の嬉し気な戯れの描写。

印象派音楽派とされているドビュッシーの躍如たる作品である。

そして、いま私が思いを寄せているのは彼のピアノ曲である。

近年、多くのピアニストたちが懐かし気に、そして瞑想的に弾いている『亜麻色の髪の乙女』や『沈める寺』、そして『月の光』などは青年時代の私の情操を満たしてくれた曲として生涯忘れ得ぬ曲である。むせかえるような官能が体内に緩慢に漲り、日常的な生気が甘い放擲感にすり替えられるような『亜麻色の髪の乙女』。夜の静寂から幽かに僧侶の

読経と釣鐘の遠慮がちな響きに息を凝らすような空気に充たされる『沈める寺』。そしてピアニストが単独に無心の境地になって弾く雰囲気づくりの『月の光』は絶品である。世評では甘美な曲とされているが、私には深い奈落の底に沈んでいく滅びの美学の漂いの感じがしてならない。

ドビュッシーを一人の人間として観たとき、伝記によれば冷酷で非協調的で頑固、孤独の世界に追い込まれても寂寥感を抱かず自らの内面世界のみを音符で描いていた詩人とされている。聴く者の感情に左右されず構わずに「音」を創り出していたといえる。

ロマンに溢れたラフマニノフの二番

ラフマニノフの人生の転換

世紀の変わり目を見ながらも新しい音楽表現を模索することなく、敬愛するチャイコフスキーのロマン的な作風を受け継いだラフマニノフ。一八七三年ロシア貴族に生まれ、モスクワ音楽院を首席で卒業しているが、彼もまた祖国を離れて名曲を数多く残した作曲家である。

一九一七年の十月革命によって、左派勢力のポリシェヴィキが時の臨時政府を倒すとロシア国内は冷戦の坩堝と化していった。ラフマニノフはその暮れに家族と共に演奏旅行に旅立ち、その後二度とロシアの土を踏むことはなかった。そして、翌年秋アメリカ合衆国に亡命した。

注目されるのは、ラフマニノフが祖国ロシアを離れてからは、ほとんど作品を残さなかったことである。そしてアメリカ移住後のラフマニノフは、母国ロシアでの多産ぶりとは打って変わって、創作の筆を自ら閉ざし作曲は途絶えた。ラフマニノフはその音楽活動の比重を、ピアニストとしての仕事に移す。そして、彼にとっての作曲とは、精神的な状態や環境に左右されるようになっていく。彼の音楽活動はアメリカ移住後によりメンタルに左右されるようになっていく。ラフマニノフの創作に霊感を植え付けたものは何だろうか、という問いに対し、

『私はロシア人作曲家であり、生まれ故郷は私の気質と人生観に影響を与えました。チャイコフスキーやリムスキーコルサコフに影響を受けましたが、誰をも模倣しておりません。私が音楽を書くときは、作曲中に湧き出る心の内をあのままに直接語るよう心がけます。そこには愛があり、または怒りや悲しみ、信仰があれば、それらは私の音楽の一部になり、美しくもなり、激しくなり、悲しみに満ち、あるいは信心深くもなります』

と語っている。

これは音楽の心髄を見事にとらえた言辞だと私は思う。

ラフマニノフの代表的作品として、『ピアノ協奏曲第二番』。今日では最も演奏機会の多い曲、映画やBGMとしても親しまれている名品。この曲はロシアのロマン派を代表する曲のみではなく、今、現在においてもコンサートホールを満席にしている名曲名演奏のメッカとなっている。

そしてこの曲の名盤は多い。歴史的な名盤には、ピアニストのリヒテルがワルシャワ国立フィルのバックで弾いたものがあるが、私の手元にあるアシュケナジー（p）ロンドン交響楽団のCD盤はよく聴いているが名盤だと思う。そしてこの曲を一番のしあげたのは映画である。

なお、亡命後のラフマニノフが作曲家ではなく、ピアニストの仕事としての二十五年間で創作した曲には『パガニーニの主題による狂詩曲』と『交響曲第三番』などの数曲に過ぎない。しかし、この二曲も『ピアノ協奏曲第二番』に匹敵する名曲である。

ピアノ協奏曲と交響曲

この二つの曲は、その魅力を存分に引き出してくれて、私の青春時代を快く謳歌させてくれた曲として、忘れられない印象曲である。

まず『ピアノ協奏曲第二番』の初めての感動はイギリス映画『逢びき』からである。この映画は一九四五年に製作され、日本では一九四八年に公開されているので、私が観たのはその一年後だと思う。『戦場にかける橋』『アラビアのロレンス』などで知られている巨匠デヴィッド・リーンの恋愛映画の傑作である。全編を通して流れるこの『ピアノ協奏曲第二番』の旋律の甘美な曲風は、この映画のためのものであるかのような流麗さである。

いわば今日でいう「不倫」とか「よろめき」などを原点とする甘メロである。それぞれが裕福な家庭を持った人妻と医師が、罪の意識を持ったまま、それにおののきながら、不器用ともいえる逢瀬を重ねていく。その行動を丹念にロマンティックに描いて見事な成功を遂げている。そしてそのバックに寄り添うように流れるラフマニノフのメロディーは一段と、しかも鮮明にそのセンチメンタリズムを謳い上げているのだ。当時の私は、この恋愛作品とは言え、いわゆる濡れ場シーンはほとんどない映画に、その格調の高さに憧れを抱いていたのであった。

二十一世紀に入った今日、この曲の人気と共に、作曲家ラフマニノフ自身の演奏活動によって、今世紀の最高の作曲家と音楽家の地位を固めたといえる。そして若い世代のピアニストたちの登竜門としてのコンクールの課題曲としてのピアノ曲としても、その真価は絶大なものである。

この『ピアノ協奏曲第二番』の名演は多い。私の拙い手法で収録したＣＤの中にもピアノ演奏家「リヒテル」や「アシュケナジー」などの名演奏盤を大事に所持している。

ラフマニノフといえば前記の『ピアノ協奏曲第二番』の他にも、『交響曲第二番』そして『ピアノ・ソナタ第二番』というように、彼の名曲といわれる曲が二番に集まっているように見える。その理由とするところは私には分からないが交響曲の第二番には、また独自の彼の美意識と自然の尊厳を謳歌したような叙事詩を感じる。私にとっては、昔に失っていた懐かしい風景を回想させる音の風景に思えるのだ。二十世紀ロシアのおけるチャイコフスキーの最大の後継者とされる作曲家ラフマニノフのこの交響曲の最大の魅力は、この第三楽章のアダージョだと思う。旋律は途切れることなく綿々と歌い継がれて、哀愁から悲劇的な感情へと変転していく、その流し方は、さすがプロを思わせる。それはロシアの大地を感情過多にならずに語っていく手法であり流石は名手だと思う。

『パガニーニの主題による狂詩曲』

ピアノの名演奏家ならたいてい弾いているこの曲、誰が弾いていても、聴き終わると「うーん、お見事！」と唸りたくなるようなクラシック音楽的名曲であると思う。あえてクラシック音楽的と言ったのも私なりの比喩（ひゆ）で、それは華やかな技巧を至る所で駆使していながら、やはり聴く人の情感を無理なく刺激して、興奮のうちに曲が閉じるからだ。

そして聴き方を変えれば、建築工学を思わせるような冷厳で緻密な構成力で、主題と変奏を次々とストレートに構築していくので、その見事さによって、澄まされた感動を生みだすからだと思う。

音楽が人に感動を与えるのは、旋律の叙情的な美しさのほかに、思想や感情のみの世界だけでは理解しえない楽句（フレーズ）の美しさにあるのではないかと思う。例えは悪いが「ジグソー・パズル」というゲームのように、この曲の場合、「主題」とその「変奏」という断片を、あるべき場所に一枚一枚当てはめて一つの理想像を完成させていく。そんな緻密さがこの曲を生んでいるようだ。最後にピタリと嵌め込んで達成を見たときの快感は、おそらく作曲者、演奏者自身のものだと思うし、聞く側にとっても何とも言えない満足感を生み出すものと思う。だが、この狂詩曲の狙いはそういった技巧の他に、人間の究極の悦びを追求しようとする模索が何回となく繰り返され、ようやく到達したその感動を謳歌しているようにも聞こえる。この曲の終局部（コーダ）では、のびのびとした〈慰め〉のような楽想が、人に安息を与えるように展開されていく。同時に、人間の溢れるような情熱という大河が大海原にそそぐように、雄大な勝利感を人の心に投げかける。この主題はパガニーニというイタリアのヴァイオリンの歴史的名人「ヴイルトウオーゾ」の作曲『24のカプリース』の中の美しい旋律から取り、この楽想を見事に発展させている。これはかつてフランツ・リストが『死の舞踏』で使った「怒りの日」の旋律であり、それを積み上げることによって曲全体の効果を一層深めている。

私たち現代人が、この「狂詩曲」という音楽形式にたまらない魅力を感じるのは、人間の心に描く夢の世界を、それこそ自由奔放に音の技法によって駆使できるからであると思うのだ。

演奏は、ウラディミール・アシュケナージのピアノ、アンドレ・プレヴィン指揮のロンドン響を愛聴盤にしているが、今のところこれが絶品だと思っている。

マーラーの美しさ

現実世界とかけ離れたマーラーの曲想

マーラーには、今でも全体像を把握できないでいる。茫洋としていて掴み難く、いつの間にか、ただ流されるだけで終わってしまうのだ。だが、ときどき、震い付きたいような曲想が表れると、つい作曲家の素性を知りたくなる。そして、作曲家が語る思いに身を寄せること、これも音楽鑑賞の一部だと思うようになった。

私がマーラーの曲を知ったのは五十歳を過ぎてからである。マーラーの作品は長いことで有名である。特に十曲もある交響曲は長大なものばかりである。そして彼の交響曲の特徴はなんといっても《この世とも思えない華麗なアダージェット》が絶えず再現されていることであると思う。それは二度と帰らない過去からの追憶であったり、未来への理想郷であったり、彼の魂はこの世とあの世とに分裂しているように思えるのだ。ある音楽評論家の言を借りるなら《マーラーの音楽は一言で言えない屈折を示している。その屈折は深く沈殿したり、分裂したり、引き裂かれているよう。そして脈絡なく激しい曲想から突然行進曲にもなったり、抒情的になりすぎて全体が甘美になったり……》。

まさしく、マーラーの交響曲は伝統的な形式観から見れば安定した世界に住んでいるとは言えない。だが、その美しさは、現実のものと思えない何かを表現している。

私が生身で体験した初めてのマーラーの曲は、今でも私の生涯の中での忘れ得ない記憶になっている。

一九六三年十一月、アメリカの第三十五代大統領ジョン・F・ケネディがダラスで暗殺された時のことである。……その数日後の葬儀の模様を、アメリカのABC放送は克明に流していた。日本では深夜にわたるその放送を、私は眠れないままイヤホーンで聴き入っていた。そのアナウンスの背後には、絶えずモーツァルトやフォーレなどのミサ曲が奏されていた。時間が進み、ケネディの柩がワシントン市中の沿道を厳粛に行進し始めたとき、このアダージェットが静かに、しかも慟哭の涙のように、流されていた。それがマーラーの『交響曲第五番』の第四楽章であった。

アメリカ大統領の暗殺、というショックもさることながら、同時に、このマーラーの雄大なアダージェットに聴き入った思いは、まさに強烈な体験であると同時に、私の人生の上での一つのエポックとして高価な体験を味わったことに、ある種の感動を覚えた。

作曲家マーラーの人生は、悲惨と苦悩に付きまとわれている。幼い頃から両親や兄弟を次々と失い、可愛がっていた長女も亡くしている。またユダヤ人であることが、彼の人生に、大きな《負》の影響を与えていた。彼の脳裏からは《死》や人生についての思いが絶えず離れなかったのは、《現世》が不確定で不安定なものとして影響され、《死》を恐れていた所為と思われるのだ。

高名な指揮者であり、作曲家でもあったマーラーは、民族的、音楽的には非西欧的、異邦人的であったといえる。いわゆる西欧的でないとして、当時のオーストリアの音楽界の保守派からは異端視されていた。彼の厭世的な人生観は、生涯貫いて作られた交響曲の面でも現され、九曲の交響曲以外にも歌曲集『大地の歌』を『交響曲第九番』として同時に創り上げている。

マーラーの作品で忘れてはならない有名な歌曲集の『大地の歌』の中では、中国の詩人、李太白の唐詩を引用し、その厭世的な人生観《生も暗く、死もまた暗い》という字句が一貫して引用されている。ほかに歌曲集『さすらう若者の歌』と『亡き児をしのぶ歌』があり、彼の人生観をまさに横溢する《詩》が盛られている。確かに歌曲集『亡き児をしのぶ歌』は楽しんで聴く曲でもないし、人と感激を分かち合う曲想でもない。淡々として、詩を吟じる型の曲である。しかし、私には解らないドイツ語の響きと、オーケストラの底辺を流れる音色によって静かに、その悲しみが、じわりじわりと増幅されてくるのだ。そして、クラシック音楽の歌曲の中身に限らず、作曲家が語るすべての作品の思いと自分の生涯の痛恨事などを重ね合わせてみると、一層感動してくるものが多いのだ。

こんな暗いマーラーの人気も、ヨーロッパで作品が演奏されるようになったのは一九六〇年代になってからあった。日本でも一九八〇年代、高度経済成長期が続いた比較的安定した裕福な時期であったこととは凡そ反動的に、マーラーの曲のようなある暗さを求めるかのようにブームになっていた。ブルーノ・ワルター、カラヤン、バーンスタイン、ショルティなどの指揮によるマーラーのＬＰやＣＤが大量に発売されたのもこの時期だった。

ベートーヴェンの生き方《苦悩を超えて歓喜に至れ》は、まさしく彼の生き様であった。彼の出現によって、音楽史の軸は烈しい変貌を遂げながらも、常にモーツァルトという孤高の天才を抱きながらもシューマン、ブラームスによって人の心の動揺を作品に反映させた不安な時代が続く。だが、グスタフ・マーラーの出現は《苦悩から歓喜》とは正反対の《苦悩》そのものを、作品の中核にしている。常に直面する苦悩と死の影への恐れ、憎しみ、倦怠などをも伴って咆哮する金管は、不協和音を奏し、圧巻ともいえるそのオーケストレーションは爆発的な怒りともいえそうである。

第二次世界大戦後に、ナチスのユダヤ人迫害の終焉を迎えたとき「やがて私の時代がくる」というマーラーの言葉通りになってから彼の音楽についての考え方も演奏会も大きく変化している。

だが、私が真にマーラーの曲に惹かれるのは、彼の「負の影響」といわれる曲想の流れの中から、胸に食い込んでくる断片が表れると、それにしがみ付きたい衝動に駆られる、ただそれだけの単純なものかも知れないからだ。

抱き寄せたくなるような旋律にしがみ付きたい衝動を感じる

マーラーの交響曲はどれも長大で一時間以上のものもある。交響曲を聴き初めて終楽章のコーダまでの間、各楽章で得たイメージが、次の楽章を聴く毎に消えてしまって、全楽章を聴き終わった時には全く支離滅裂になることがよくある。

いつも長い緊張に時間をかけて執拗に食らい付いていたが、マーラーはなかなか掴みきれない。

彼の曲の美しさが、なにかこの世のものではない気がし始めたのは、五十歳を過ぎてからであろうか。人間の現実世界とは異なった何かを表現しているように思えてならない。

そのことの契機となったのは私の三十五歳のときで、全く唐突な事件でそれが先述の、ジョン・F・ケネディの暗殺であった。

マーラーの生涯は、いつも悲痛な環境におかれていた。

兄弟、両親と次々に死別している。手塩にかけて可愛がっていた長女も亡くしている。

また、ユダヤ人であったことも彼の音楽家生活に「負の影響」を与えていた。死とか人生とかの思いは大きく、彼の曲を聴いていると、死を恐れている思いが伝わってくる。彼の歌曲集「大地の歌」では、中国の詩人、李白の唐詩を引用して作られ、厭世的な人生観「生も暗く、死もまた暗い」が一貫して使われている。

こんな暗い印象のマーラーに人気があるのは、どうしてなのかはよくわからない。ヨーロッパで、彼の作品がしばしば演奏されるようになったのは、一九六〇年代になってからだという。

日本でも一九八〇年代にブームになった。高度経済成長期が続いていた日本人には、このとき裕福な俗世とはおよそ反動的な、ある暗さを趣味として求めていたのかもしれない。ワルター、バーンスタイン、カラヤン、ショルティなどの指揮によるマーラーのLPやCDが多く売れ出したのもこの時期だった。

マーラーには、いまでも全体として把握できないでいる。茫洋としていて掴み難く、いつの間にか流されるだけになってしまう。だがその流れの中で、抱き寄せたくなるような旋律の断片が現れると、それにしがみ付きたい衝動に駆られる。それが彼の「負の影響」と言われる曲想かもしれない。同時にそれがたまらない親しみを生んでいるのだと思う。

シベリウス　北欧独特の主題は実に美しく、身体ごと融けこんでいくようだ

ヴァイオリン協奏曲

これまで数々の名曲の解説のようなものを書いてきたが、この標題の曲のことをすっかり失念していたことを恥じている。

この曲は、若い頃ヴァイオリニストを目指したシベリウスの唯一の協奏曲で、ベートーヴェン、メンデルスゾーン、ブラームス、そしてチャイコフスキーと並び、ロマン派以降のヴァイオリン協奏曲の傑作の一つに数えられている。そして不思議なことに、以上挙げた作曲家にとって、ほとんどは生涯での唯一のヴァイオリン協奏曲であることである。

シベリウスはフィンランドが生んだ最大の作曲家で、愛国心を高らかに謳歌したあの

『フィンランディア』は特に世界的に有名な曲である。このような民族的な自覚を持った作品はほかにも多く作曲され、フィンランドは国家的英雄として、いまでも彼の曲を誇りにしている。

外国には行っていない私だが、北欧フィンランドというと、寒々とした白い自然の大地を連想する。白い大地は深い森と湖に囲まれ、冷たい大気の中で人びとはこの国と、この大音楽家を抱くように活動している。シベリウスの音楽を聴いていると、異国人である私も、この大自然の中での新鮮な叙情味と、民族的な自覚が伝わってくるようなのだ。

シベリウスは後期ロマン派の作法を自らの個性の中に吸収し、消化した作曲家で、晩年になっても彼のその持ち味は渋さを増して、内省的な要素は磨きがかかる反面、大衆受けする要素はなくなっている。しかし彼の音楽界と音楽史に名を与えた影響は、計り知れないものだと思う。

この『ヴァイオリン協奏曲』は、冒頭に触れたごとく、ヴァイオリニストを目指した若い頃の作品ではあるが（一九〇三年の作）、古今の、名ヴァイオリン協奏曲の中での伝統的な三楽章形式を採用し、とくに、独奏ヴァイオリンの登場のあり方は非常に印象的で、屈指のものだと思う。冷ややかな北欧独特の肌触りを感じさせる主題は実に美しく、身体ごと融けこんでいくようである。

極端かもしれないが、シベリウスの音楽はこの一曲ですべてであるという感じなのだ。第三楽章にとくに重点が置かれ、雰囲気的にはメロディーがなかなか先に進まないようだが、決定的な主題になるとその魅力は一気に吹き出る。第三楽章では初期の作品の『カレリア組曲』のあの明るい主題が一息ついた形で湧き出してくる辺りは心憎い限りである。

シベリウスには、七曲の交響曲と、交響詩『伝説』、『悲しいワルツ』、『鶴のいる風景』、交響詩『夜の騎行と日の出』、『森の精』などのほかに膨大な数の歌曲、合唱曲がある。飛びつきたいユニークな作品が多い。

ストラヴィンスキーの原始的な作品

革命や戦乱によって国家の体制が動くことは歴史上決して珍しいことではないし、社会の体制が変わることは、作曲家たちの創作活動にも影響するのは言うまでもない。だが二〇世紀という時代は政治的混乱があまりにもダイレクトに作曲家たちの環境を揺るがしていた。

とりわけ、二〇世紀には一九一四～一九一八年の第一次世界大戦、そして一九一七年のロシア革命の時期には混乱を避けるため、故国を離れ外国へ亡命する作曲家たちが相次いで居たのだ。

まず「カメレオン」と言われるほどに作風を絶えず変化させていたストラヴィンスキーは、リムスキー・コルサコフに認められ、作曲家としてロシアで注目を集めていた。彼はこの時、ディアギレフの率いるロシアン・バレエ団が彼の作品を舞台にかけていた。そして、バレエ組曲『火の鳥』をパリで上演したとき、パリっ子たちは仰天した。

独創的で絢爛なこの曲は、パリを超えて全ヨーロッパに広がり、やがてアメリカへもその波紋を広げていった。その後のバレエ組曲『ペトリューシュカ』も同様の人気をあつめていた。しかし三曲目のバレエ組曲『春の祭典』を上演の時、今度は猛烈な非難を浴びた。そして、これが二十世紀音楽史上最大のスキャンダルとされるような事態に陥った。

通常クラシック音楽のコンサートといえば、正装した紳士淑女が行儀よく並び、咳払いなどは一切なく客席からは動けないものである。ところがこの演奏会ではヤジと怒号が飛び交い、客同士が殴り合うという大混乱になったという当時の騒動の記録が残されている。そしてこの客席にはフランス音楽界の巨匠たちも居たのだ。ドビュッシー、ラヴェル、サンサーンスらも列席していた。大混乱で終わったこの初演は、全世界に伝えられた。そしてこの曲がどの位「凄い」のだろうか？　という人気の方が広がっていったのだった。そして、この『春の祭典』は今ではストラヴィンスキーを評価する上での代表的な作品になっている。この作品、冒頭から全く息つく暇のない《大地を踏みつけて踊り狂うシーン》

の演奏が荒々しく描き出されている作品となっており、この《春の祭典》はロシアのディアギレフガ率いるバレエ団のために作られた三大バレエ曲の一曲とされている。バレエという踊りの流麗な脚の流れを舞台で観ていただけに、私は、足元の大地を不恰好に脚尖を叩きつける踊りのその奇抜さにはバーバリーな感覚と、好奇心でこの曲を聴くことが必要だと感じている。

ストラヴィンスキーはその後ロシアの革命政権に土地を没収され、スイスからフランスを経てアメリカへも移住している。

玉石混交のショスタコーヴィチの音楽

戦乱とノスタルジーのロシア音楽

二十世紀に入ってからのロシアの作曲家たちを私なりに概観してみて真っ先に浮かんで来たのは、やはりロシア音楽の役割の偉大さである。ストラヴィンスキー、プロコフィエフ、ショスタコーヴィチ、そして、バルトーク（ハンガリー生まれ）で、その演奏は名マエストロや楽器独奏者たちによって、名盤と称するディスクや会場演奏は、前世紀に増して音楽を求める聴き手の認識が高く進化してきたからだった。

私自身も、例えばかつてのソヴィエト連邦の政府音楽家とまで見做されて以前からのファンであったショスタコーヴィチが、これだけのファンを勝ち取り評価を得ているのは、私自身の生涯にとっても欠かせない収穫であったからである。それは私自身の戦争体験がその一因でもあったからであった。

ショスタコーヴィチは交響曲を十五曲も作った

旧ソ連時代の作曲家ショスタコーヴィチは、「第九」を大きく超えて交響曲を十五曲も作曲している。ロシア革命直後のソヴィエト連邦の体制は、芸術面でも革命的で、前衛的な傾向が盛んに奨励されていた。十九歳でモスクワ音楽院の学生だったショスタコーヴィチは『交響曲第一番』を作曲し、スターリン政権から「社会主義リアリズム」的な作品として称賛され期待され始めた。その後『交響曲第二番「十月革命に捧げる」』、さらに『交響曲第三番「メーデー」』といった政権に迎合するような作品を披露していた。

しかし、その後のいくつかの作品に対し、今度はソ連共産党の機関紙「プラウダ」が容赦ない批判をし始めた。オペラ『ムツェンスク群のマクベス夫人』という作品に対してであった。そして、一九三七年の「十月革命二十周年記念日」に合わせて作曲した『交響曲第五番』は空前の絶賛を呼び、それは、ロシアはもちろんヨーロッパ諸国やアメリカにまで及び、世界各国の音楽界やオーディオ界にまで、この曲の演奏会やＬＰやＣＤの人気はかつてないほどの様相を呈し始めた。

私、筆者が三十代の頃（一九八〇年代）である。異様な興奮を抱きながら聴いたこのショスタコーヴィチ『交響曲第五番』の印象はいまだに消えていない。

友人から、いわゆるハイファイ・マニアを紹介するからと言われて連れて行かれた所がなんと、お寺の本堂であった。この寺の住職の子息が、大のオーディオ音響マニアで三十畳以上もある本堂の広間には、その大仏像の両袖に高さ一メートルを超える巨大なスピーカーが配置されていた。この広間の読経の音響効果を出すためか、やや奥まった自分の書斎には、プレイヤー、チューナー、ブリメインアンプ、そしてイコライザー等と粋を凝らした装置が置かれ、彼はそれを自慢にしていた。そして、羨望の眼で褒めちぎる知人を誰彼となく招聘していたようだった。私はこの状況下で、この曲を試聴体験したのだった。

ディミトリー・ミトロプーロス指揮ニューヨーク・フィルハーモニー交響楽団によるショスタコーヴィチ『交響曲第五番』の輸入盤は、新録音、新輸入の新譜だった。

第一楽章の冒頭、なんとも不穏な雰囲気を蓄えた弦楽器が、その力を誇示するように一斉に奏された瞬間、私は身震いを抑えきれなかった。その曲想の原形が少しずつ壮大さを増し、蓄積されていった。それは戦闘シーンの中で、まさに、重戦車が轟音を響かせ土煙と共に構築物を破壊していく場面を連想させるような、恐ろしい威圧感が溢れていた。その轟音と重量感の広がり方は、かつてなかったほどの迫力が漲っていた。そして会場に備わった音響技術の粋の、見事な効果に私は目を見張ったものだった。

この曲、何故か戦後の日本では「革命」という副題をつけられて、レコード会社は競って発売している。おそらく、ベートーヴェンの『交響曲第五番「運命」』に因んでつけられたものと思われる。『第五番』とか『第九番』に当たる交響曲は、ベートーヴェン以後伝統的に重要視されどの作曲家も問題意識をもって作曲している。はたして、この『第五番』も今では二十世紀の傑出した交響曲として、多くの指揮者の、演奏会の曲目とされている。

ショスタコーヴィチは常に「イデオロギーのない音楽などありえない」という主張を抱いていたようだ。しかし、この『第五番』を何回か聴くうちに、この曲の奥底には社会主義リアリズムの成果としての評価と、その反面、全時代を超えて、人間の内面的な苦悩や恐怖、それらの解放のための手段や、目標を捉えたときの叫びと沈黙、その悶えと行動という形でとらえ、ある時には陽気に、そして陰険に、その真意を私たちに投げかけているように思える。それは、ショスタコーヴィチが生き抜いた七十年の格闘のすべてのようにも思える。これが彼の代表的な作品といわないまでも、この曲には彼の信念の強さと人々を引き込む気安さと、気軽さが私には見えるのだ。

最近になって、私はその気楽さの溢れた他の作品にも、引き込まれていく自分を感じるようになっている。いわゆる「第九」といわれる彼の『交響曲第九番』の気楽さは、素っ気無いほど単調で、それは、あっさりとした軽便な作品である。交響曲の形として「これでいいのだろうか」と思わせるほどの安らかさである。

ベートーヴェンの『交響曲第九番』「苦悩より歓喜へ」のテーマが、人間の尊厳への戦いとすれば、ショスタコーヴィチのそれは、赤裸々で感情過多な人間が、悲観的でヒステリックな境遇から滑稽でリズミカルな楽観主義に転換し、爆発的な雄叫びで挑戦を繰り返して「苦闘より解放へ」という最も高い人間社会を目論む、というテーマに結び付くそれである気がする。そこには、陽気で人を寄せ付ける気安さと気楽さが満ち溢れていて、聴く者に笑顔を導かせる。

ショスタコーヴィチはその後『第十番』『第十一番』『第十二番』と交響曲を間をあけて作曲しており、革命を描写した壮大な表題交響曲であるが、この中の私（筆者）が好きな曲『第十番』は彼の音楽らしい堅実で真摯な作品として聴く機会は今でも多い。

さらに、人生最後の『交響曲第十五番』は先述の『第九番』のような無頓着な軽さがある。その第一楽章には突如とロッシーニの『ウィリアム・テル』序曲の断片が出たりして楽しんで聴ける交響曲もある。

戦争で分断した音楽界に抗した作曲家

クラシック音楽はドイツが本場である。そのドイツは第二次世界大戦によって、ほぼ世界中の国を敵に回していた。そのため音楽界も、ドイツ側（枢軸国）と非ドイツ側（連合国）に分断された。ヒトラー政権誕生から終戦まで、多くの音楽家たちは、この時代の流れに翻弄されたことになる。いま、世界の至る所で流されている名曲の数々は、この戦争の時代に翻弄された多くの作曲家や演奏家たちの作品であり、自由奔放に流れている。

その名曲や名演奏の多くには、音楽家の運命の裏側として大きな力学が作用していることに私は改めて驚いている。それは「死」や「神」であり「孤独」や「苦悩」、そして「歓喜」であったりする。この稿では特に「戦争」と「権力」をキーワードにショスタコーヴィチを典型的な作曲家として、その生涯を探りたいと思う。

ドミトリー・ショスタコーヴィチは、一九〇六年に帝政ロシアの首都ペテルブルグで生まれた。貴族でも大富豪でもなく普通の家庭で育ち、母親から本格的にピアノを習うようになる。一九一九年にペテルブルグ音楽院に入学したが、父親が急死したために、学費と生活費を稼がなくてはならなくなって、映画館でサイレント映画のピアノを弾くアルバイト楽師をして収入を得ることになった。その間、一九一七年にはロシア革命が起きている。

一九二五年、音楽院を卒業した時、卒業論文として書いたのが『交響曲第一番』で、翌年に初演され、大変な評判を得た。以後ショスタコーヴィチはソ連が生んだ若き天才としての人生を歩みだすのだ。

つづいて一九二七年には『交響曲第二番「十月革命に捧げる」』、一九二九年には『交響曲第三番「メーデー」』と、いずれも「革命」を題材とした作品を書いている。さらに、ピアノ曲やオペラ、映画音楽と様々なジャンルで作曲をしている。ピアニストとしても評価され、一九二七年の第一回ショパンコンクールにソ連代表として出場し、特別賞を受賞した。

かくして順次『第四番』より『第十五番』までの交響曲を世界の楽団に送り、劇的な構想の下に書いた『第七番』の交響曲ではスターリン賞を受けている。

ショスタコーヴィチの趣味はサッカー観戦だった。大戦中は、作曲の仕事に加え、レニングラード音楽院教授として、後進の指導に当たっていた。一九四一年ドイツ軍は宣戦布告無しに、ソ連領内へ侵攻する。スターリンは「大祖国戦争」を呼び掛け、徹底抗戦と愛国心を訴えた。

開戦と同時に、ショスタコーヴィチは軍へ志願したが断られている。あまりにも非弱な体躯であったためだ。彼は祖国防衛のための曲や愛国歌を何曲も作っていた。ドイツ軍が迫りくる中、彼は新しい交響曲を手掛けた。それが『交響曲第七番』であった。

この交響曲には「レニングラード」という名が付けられ、アメリカをはじめとする西側でも、「ファシズムとの戦い」として評判を得、アメリカ在住の名指揮者や名門楽団が競って演奏した。だが、レニングラードでは、ドイツ軍の包囲戦の真っ只中にあってラジオも聴けなかったようだ。ドイツ軍の封鎖が続き、飢餓に苦しんでいたレニングラードでこの曲の演奏が行われた様子を、『戦争交響曲』（中川右介著・朝日新書─朝日新聞出版）から引用する。

「……リハーサルが始まったのは、七月下旬だった。市内に残っていた演奏家だけでは足りないので、戦場にいた演奏家も呼び戻された。……ホールは超満員となった。入れなかった人のために拡声器を使い、全市に流された。レニングラードを包囲しているドイツ軍兵士の耳にも届いた。それは市を包囲しているドイツ軍に対しての音楽でもあった。ドイツ軍のレニングラード戦線司令官は、演奏の邪魔にならないように、始まる前に大砲での集中爆撃をしてしまうように命じ、演奏中はこの音楽を聴いた。この一時間ちょっとの間、レニングラード市を包囲するドイツ軍と、中に立て籠もるレニングラード市民とは、一つになれたのかもしれない。夢のような時間だった。

音楽が終わると、戦闘が始まった。レニングラード包囲戦がドイツ軍の敗退で終わるのは、さらに一年後、一九四四年一月十八日のことだ。」


その後、ショスタコーヴィチは「レニングラード交響曲」につづき『第八番』を書いている。これも戦争を描いてはいるが、完成した曲は、暗い悲劇的な内容となった。戦争の悲惨さがストレートに反映されていたからだ。ソ連作曲家同盟は、この曲を「悲観主義」だとして批判した。

一九四五年五月、ドイツが降伏するとソ連は勝利に沸き立った。そして、ショスタコーヴィチは『第九番』を初演したが、何故か二十五分という短い曲で、しかも軽妙な雰囲気を持った中身だったので、スターリン政権の幹部たちは、次々と批判文書を書き立てた。この一連の動きは「ジダーノフ批判」と言われた。ショスタコーヴィチは「形式主義」だと批判され、交響曲では『第一番』、『第五番』、『第七番』以外は演奏禁止になった。

スターリンによる独裁政治が確立した一九三〇年以降のソ連では、体制に反対するものは、即時裁判にかけられ、死刑か強制収容所に送られるかという国民（人民）に対する弾圧が繰り返されていた。そして、それはついにショスタコーヴィチの身にも及んだのだった。

独裁政権下での抵抗　苦悩から歓喜へ

一九三四年に初演されたショスタコーヴィチの『ムツェンスク郡のマクベス夫人』というオペラは、当初好評だったが、ボリショイ劇場での公演で、たまたまスターリンが側近者と観劇したことで、このオペラと作曲者の運命は突如暗転した。

ソ連共産党機関紙「プラウダ」は、翌日このオペラを全面否定する大論文を掲げ酷評したのだ。そしてショスタコーヴィチは「耽美主義的形式主義者」「下品な自然主義者」として批判された。昨日までのソ連が誇る若き天才音楽家は一夜にして人民の敵となった。

政権が批判した音楽家がいれば、メディアは徹底的にその音楽家を攻撃しなければならないとする当時のソ連社会主義体制は、一丸となって党機関紙「プラウダ」を擁護した。

四面楚歌になったショスタコーヴィチは、しばらくは、生活の維持のため映画音楽を書いていた。そして『交響曲第四番』の初演のリハーサルをしていたところ、作曲家同盟の幹事とレニングラードの共産党組織の幹部がリハーサル会場を訪れ、この曲の初演中止を申し込んで来た。そして結果的に、この『交響曲第四番』は一九六一年まで封印されたままになったのだ。

ショスタコーヴィチは音楽家生命どころか生命そのものも危なかった。彼の姉夫婦と妻の母は、逮捕、追放されていた。一族の身に降りかかった災厄は、ショスタコーヴィチへの無言の圧力となっていた。その恐怖の日々でも、ショスタコーヴィチは作曲をやめなかった。それ以外やることがなかったからだった。一九三七年四月、彼は『交響曲第五番』に着手していた。

一九三七年十一月一六日、革命二十年を祝うソヴィエト音楽祭が開幕した。そして二十一日音楽祭の一環として、ついに『交響曲第五番』の初演の日がやってきた。演奏が終わると、聴衆は足を鳴らし立ち上がって拍手を送った。大成功だった。

ベートーヴェンの第五番と同じように、「苦悩から勝利の歓喜へ」というフレーズを感じさせる演奏だった。この成功でショスタコーヴィチは復権した。曲はソ連各地で演奏され、ムラヴィンスキーは少なくとも年十五回は指揮をした。翌三八年四月にはパリで西側の演奏が行われた。

この曲は「革命」という名で呼ばれているが、ショスタコーヴィチが付けたものではない。ソ連でも欧米でもそう言っている国はない。なぜか日本だけがそう呼んでいることが不思議である。だがショスタコーヴィチの死後、世界中の演奏家や指揮者や鑑賞者は、この曲の思いを様々に解釈しているが、実は彼がこれを書いたのは「強制された歓喜」なのだという説も生まれている。

その次の一九三九年に書かれた『第六番』も批判は受けなかった。

スターリン政権下での共産党による大粛清のあと、今度は、ソ連の人々を襲ったのはナチス・ドイツの軍隊だった。第二次世界大戦は一九三九年に始まったが、ソ連が参戦したのは一九四一年六月にドイツ軍に領土を奇襲攻撃されてからだった。だが、レニングラードを包囲したドイツ軍は、市街戦に踏み込めないでいた。

ショスタコーヴィチの『第七番』の初演は、その最中のレニングラードで行われた。その模様は、前述のとおりである。

こうしてショスタコーヴィチの足跡を辿ってみると、社会主義国の芸術家というのは、とりあえず経済的には支配されない。国が認めた芸術を作っていれば生活は保障されているのだ。しかし、それはあくまで《国家》が認めたものでなければ芸術作品とは認められないのだ。そこにショスタコーヴィチの苦悩があったといえる。

Ⅱ　人生の喜怒哀楽とともに

ヘンデル　歌劇『クセルクセス』中のアリア「なつかしい木陰」

「なつかしい木陰」（イタリア語をそのまま読んで「オンブラ・マイ・フ」と表記されることが多い）は、このオペラの開幕直後に歌われる王様のアリアで、メゾ・ソプラノかカウンター・テナーによって歌われる。歌詞はセルセ王が昼寝をしながら、傍らの〈すずかけの樹〉を褒め讃えるというそれだけのものである。

三拍子のゆったりとした歩みに乗せられたような旋律は、簡潔ではあるが、情感が溢れ、いつ聴いても、題名のように、先日聴いたばかりのようなある「なつかしさ」がこみ上げてくる編曲も多い。ある日本語訳の歌詞にこんなものがあった。

うるわしく繁れる樹陰、その愛しさや
雷はためき、嵐ありても
この樹陰にいかで障りのあるべき
繁れる樹陰よ、わが心の憩い
栄ゆる枝も幹もたぐいあらず
繁れる樹陰、わが心の楽しき憩いよ

（『クラシック音楽鑑賞事典』講談社学術文庫）

何とも古色豊かな歌詞だと感心していた。忙しさを極めた私の現役の頃、思いがけず、この曲を耳にしたときは、懐かしさと美しさの反面、日常の繁忙から来るある種の羨望と、わが身の惨めさに嘆き悲しんだこともあった。現実生活の繁忙さにくらべ、この曲の、ときの流れを一時停止した、あまりにも豊かで閑雅な曲想に、私は現世をはかなんでいたのだ。こせこせしたメカニックな現代文明のまっただなか、ゆったりと自然の恵みを人の心に滲み込ませる魅力を持ったこの曲。

いま、これは私の老躯にはかけがえのない〈昼寝の曲〉になっている。本来持っている歌の曲趣を、そのままの姿勢でセルセ王のように、素直に聴くことができる現在の至福は、若いころの忙殺時代と比較するなら、怠惰といわれるかもしれない。だが、これが私には生きるために欠かせないものになっている。

ヘンデルはあくまでも「耳の愉悦」を重んじる作曲家であるという。同年に生まれたバッハの音楽と比較すると、屈託がなく実におおらかで快感を呼ぶ響きがする。音楽全般をみたとき、ヘンデルはバッハほど厳格でなく、完成度はそれほど高いとはいえないと思う。だが、楽曲の形式に統一性を持たせない意味では、親近感が湧いてくる。『水上の音楽』とか『王宮の花火の音楽』などを聴いていると、開放的であり、祝祭的な親近感がみなぎっているのだ。バッハを聴くことによって、人は人生の意味を思索するのに対し、ヘンデルの音楽は「まどろみ」のように、生きていることの喜びを確認させてくれると思う。

プロコフィエフ　屈指の名曲『ピアノ協奏曲第三番』

ウクライナ南部の都市で生まれたプロコフィエフは、1917年のロシア革命勃発のとき二十六歳で最初の交響曲『古典交響曲』を成功させた。彼もまた革命の混乱を避けるため一九一八年アメリカへ亡命した。亡命の途中に日本にも滞在し、長唄『越後獅子』を耳にした彼は、そのときの印象を『ピアノ協奏曲第三番』の第三楽章冒頭に反映している。

プロコフィエフは、出国後のヨーロッパやアメリカにピアニストとして行き来していた。彼の仕事は祖国のロシアとの断絶を目指したものではなく、一九三六年スターリン政権のソビエト連邦へ帰国している。作品から見た彼の作風は、西側諸国と社会主義リアリズムとの間を結ぶ役を果たしていたように思える。作品から見てもその傾向が表されている。バレエ音楽『ロミオとジュリエット』、組曲『ピーターと狼』、そして七つの交響曲、等、判りやすく明快な作品が多い。プロコフィエフは、一九五三年独裁者スターリンの死去より数時間早くこの世を去った。

初期の前衛的な作品には、かなり棘のあるきつい作品が目立っていたが、彼らしいユニークな作品も多かった。その響きには紆余曲折が目立っているように思えた。しかし、私にとってそれを一気に吹き飛ばす曲があった。それが『ピアノ協奏曲第三番』であった。

戦後初期、そのころ東京には大きなクラシック演奏会場がまだなかった。日比谷公会堂が唯一の会場であったと思う。ジュリアス・カッチェンというアメリカの新進ピアニストの初来日演奏会。

私ばかりでなくその頃の学生たちは音楽界にはまったく飢えていた。一番安い席、天井桟敷といわれるような三階席、後ろから数えたほうが早いその席で、崖から真下を覗く様な姿勢でその演奏振りを観ていた。

このプロコフィエフの三番、その最後の指揮棒がおろされた瞬間の、まさに波のうねりのような観客席の聴衆の歓声には私自身仰天してしまった。こんなに聴衆を興奮させた凄い曲を聴いた最初の体験であったといえる。

そして数あるピアノ協奏曲の中でもこれは屈指の名曲であると感じたのはそれから間もなくである。

クラリネットの音が静かに序奏を始めて盛り上がったところ、間もなく指が絡まるようなピアノの主題が叩きつけるようにはじけて、オーケストラの全合奏と競い合うようなスピード感を盛り上げるまでの息の抜けない趣は、まさに魅了されたという表現しかない。そして第三楽章には、おそらくプロコフィエフが最初の亡命中に日本の滞在中で聴いたであろう『越後獅子』の旋律が全く違和感もなく、むしろこの曲全体を締めくくるように流される見事な楽想である。

以来、私はプロコフィエフにとり憑かれている。

しかし私の本当に好きなプロコフィエフはこの曲のような、やや前衛的と思えるような曲より、晩年になっての円熟された職人芸のような親しみのある楽想としたい。

それは、その代表と思われるシェイクスピアの戯曲を原作とした『ロミオとジュリエット』の曲である。シェイクスピアの戯曲は、多くの作曲家の想像力を刺激し数々の名曲が生まれている。

オペラの分野では、ヴェルディの『オテロ』が有名である。『ロミオとジュリエット』にもベルリーニやグノーのオペラ、ベルリオーズの『劇的交響曲』、チャイコフスキーの『幻想的序曲』などの管弦楽曲があるが、特に優れているのがこのプロコフィエフのバレエ曲だと思う。

これは単にバレエの振り付け曲でなく、原作に忠実に作曲され、同時に演奏会用として彼自身が組曲としてまとめた版もあるくらいである。全曲演奏で二時間半もかかる大作で、プロコフィエフの曲の中の代表作といえる。

全曲を通していえることは、登場人物一人ひとりに独自の主題（テーマ）が与えられていること、物語の進行に合わせた楽想で貫かれ、場面ごとに流れる音楽は陰影に富んでいて美しく、メロディーやリズムの楽想は全くユニークであることである。有名なバルコニーの愛の場面、そして二人の舞踊の場面のワルツのリズムは夢のようだ。

これは革命の国ソヴィエトが輩出した作曲家の作品ではなく、明らかに西欧風のモダンな響きであって、古今東西の音楽愛好家が随喜するような確かな職人の音楽であると思う。

このことを念頭に置きながら聴く彼の音楽には至る所で親近感がふつふつと沸いて出る

のだ。

交響曲では『第一番「古典」』、『第五番』と『第七番』、そして組曲『三つのオレンジへの恋』、『キージェ中尉』、そしてカンタータ『アレキサンダー・ネフスキー』は別の意味で、親しみはないが凄い迫力を持った叙事詩であり、人間謳歌を盛りあげた名品である。

私は二十世紀の代表的な作曲家を挙げろといわれたなら、まずこのプロコフィエフを挙げるだろう。

ヨハン・シュトラウス　戦争末期の十七歳（志願兵）のときに農家から流れてきた

それは私が海軍志願兵の新兵として海兵団訓練を受けていた頃のことである。三浦半島の武山海兵団にいた十七歳の少年兵には当然ながら、現在のような安定した娯楽というものは全くなかった。あるのは三度の食事と、睡眠と訓練の合間の休憩という体を休めるときだけだった。海軍といっても、戦争末期の戦況は、悲惨なものだった。日本の連合艦隊は既に壊滅させられ、戦力となる軍艦は一隻もなかった。私たち海軍初年兵のこの頃の日課といえば、銃ならぬスコップをもっての塹壕掘りと、軍用食料の隠匿のための作業で、山の中腹に穴を掘り食料品を集積することであった。

こんなある晴天の日、苛酷な塹壕掘りの小休止が与えられ、三浦半島の小高い山頂で休憩をとっていたとき、眺望の利いた斜面とは反対側の山路に面した小さな農家のラジオから、何ともいえない軽やかなメロディーが流れてきた。

「なんという、楽しくて優雅な曲だろう」と意外な事態に耳を疑い自失しながらも、懸命に聞き耳を立てていた。

「いまどき、こんないい気分が許されていいのだろうか」という懸念と同時に、「いま、いったいどこで戦争が行われているのだろうか」という不思議でならない世界に陥ってしまった。

ふと、山を見下ろすと、そこには湾の海岸線がはっきりと見えていた。だが、戦争たけなわの軍港だというのに軍艦はもちろん、船という船の姿は全く見えず、ぎらぎらと眩しくきらめいている銀色の海が、水平線の彼方まで拡がっていた。それはまさに今で言うのどかな日和だった。

この日半日の私の日課は、軍艦のない日本海軍の初年兵が、戦争をひととき忘れて、遥かオーストリアという国の宮廷舞踏会のウィンナ・ワルツに酔っていたという図だった。

これは私の生涯で忘れえぬ不思議な歴史の一ページである。

ヨハン・シュトラウスの楽想には、こんな華美ではあるが郷愁めいたものがひらめいている。そして何時聴いても掴み切れない夢のような曲ばかりだ。『美しく青きドナウ』や『芸術家の生涯』『千一夜物語』『南国のばら』。そして喜歌劇『こうもり』『ジプシー男爵』と……。

彼の玉手箱のなかには、たくさんの華麗なメルヘン・スタイルの音楽が贅沢に詰まっている。

あの時代、悪夢のような戦時下でも夢のような名曲に陶酔していた。

これは私の〈夢のまた夢〉というのだろうか……。

毎年ウィーンで行われるニューイヤーコンサートには、シュトラウス一家の曲がいっぱい演奏される。私は『皇帝円舞曲』を聴くと、なぜか海軍の桜と錨のマークが浮かぶし、同時にあの銀色に輝いていた横須賀の眩しい海原が何時も連想されてくる。

シェーンベルク『清められた夜』

以前のＬＰ盤全盛のころのカタログやジャケットなどを見ると『浄夜』という題名で紹介されていたこの曲。ほんとうは、私にはこの『浄夜』の題名のほうが仏教的で、人間の生々しさと煩悩が感じられていて好きだった。この曲に取りつかれていた時の私は、まさに青春謳歌時代であった。男と女の情感の絡みあいに異常な興味を抱いていた時だった。結局、私の選んだ愛聴盤は、ローザンヌ室内管弦楽団の一糸乱れぬ、冷酷で澄み切った刃物のような演奏だった。これを聴いていると、人間世界の非情さと、諦観のような趣が次々と広がるようで、まさに大伽藍で聴く、か細い読経の声のように思えた。

この曲の内容は、果たしてデーメルという詩人の「女と世界」という詩を扱っているというう。ジャケットの裏面に書かれた大意は、「一組の男女が、葉のない枝を空に突き出している背の高い柏（かしわ）の林の中の、冷たく月に照らされた小道を歩いている。彼女はためらってはいるが、彼に対して罪の告白をしなければならない。それは、説明されざる状況の下で、彼女は彼の子供ではない子を孕んだのである。彼女は子供の愛情のみに生きてきたのであるが、このとき、彼の愛情を獲得したものの、罰せられていたのだった。歩行の語らいは厳しさの連続だった。だが男は次第に女を理解し始める。徐々に、静かに彼女をなだめる対話のうちに、二人は子供に対する愛情に気づき始め、その愛情に包まれながら抱擁し、月の光の中に歩を進める」というもの。

映画やＴＶドラマを連想させるようなシチュエーションだが、さすがクラシック。普通の叙情詩的な音楽ではなく、鋭利な刃物でえぐられたような緊迫性を盛った音の連鎖は、不協和音的にも聞こえるが、決して金属的ではなく、この曲趣のように冒頭から絶え間なく音の緊張が続く。それは男と女の性の違いによる感性の交錯であり、一定の甘さを秘めながら進んでいく。そして曲の後半、突然、縺（もつ）れたものが解けるように、ホッと一息つけるような旋律が流れ出す。そこからは一気に終結部（コーダ）へ向かう音の流れはシェーンベルクらしい見事な手法であると思う。最後は、すべてを許して包み込むようなアダージョが果てしなく続くように思わせておいて、いつの間にか消えていく。人間の宿命と、それに立ち向かう男と女の葛藤、愛情による浄化といった後期ロマン派の影響を少なからず受けた作品といえる。

このように気障(きざ)なシェーンベルク初期の作品を毛嫌いする人が多いが、私はむしろこの初期(作品4)のものの方が素直に感情投入ができて好きだ。

七十分のブルックナーの交響曲

サラリーマン時代、日常の業務に追われていて、その些事から早く解放されたいときに、初めて聴いたブルックナーの交響曲は、今になっても身から離せない曲になっている。当時のＬＰレコードで、じっくり聴いたのは確か第四番だった。この曲の冒頭、夜が明けたような描写ではじまる薄靄（うすもや）を思わせるような弦楽器による「トレモロ」（細かい刻みのような音）。そのホルンの音が湧き出る噴水のように、ろうろうと、吹き出す神秘的な雰囲気は、その緊張感と期待感で音量を全楽器に達するまで膨張していく。その音量が雄大な頂点に達したとき、全楽器がフォルティシモとして全容が現れた姿になっていく。こんな表現しかできない筆者の力量だったが、これがモーツァルト、ベートーヴェン以後の最大の交響曲作曲家アントン・ブルックナーの『交響曲四番』の冒頭を初めて聴いた私の記述だった。

すべてとは言えないが、大抵のクラシック音楽の作品には、その曲が作曲家の人間性を表しているところが多い。ベートーヴェンを聴けば、難聴という困難に立ち向かう不屈な男を、シューベルトを聴けば心優しい孤独な男をイメージさせられる。ところが、このブルックナーは人間性が想像も付かないような音楽をつくっている。

オーストリアに生まれ多くの宗教音楽と九曲の交響曲しか書かなかったブルックナーは片田舎の教会のオルガン奏者であった。最初に創った『交響曲第一番』の初演は四十四歳だったという。そして多くの宗教音楽と九曲の交響曲（他に二曲の習作）は構造そのものが巨大で大伽藍のようなものが多い。演奏時間も七十分から九十分を超えている。内容そのものは深慮かつ広大な雰囲気で進行していく。ブルックナーの交響曲は、どの曲を聴いても、そこは教会の中で鳴り響くオルガン演奏を聴くような雰囲気に満たされる。そして交響曲が進むにつれて、それが、全宇宙に向かって神への祈りの心境を感じ取ることができるような雰囲気づくりとして突進していく。

まず、前述したトレモロは「ブルックナー開始」と演奏者の間で呼ばれている。つまり霧のような雰囲気を作出し、不気味だが幻想的な旋律を導いていく。ときに優雅に、ときに力強く、寄せては返す波のように高揚と沈静の繰り返しが続き不安定な様相で最初の楽章が結ばれていく。そしてどの交響曲にも言えることだが、圧巻はその終楽章である。それはまさに「宇宙の鳴動」といえるような天地の震え、地球の崩壊を思わせるような壮大な旋律が噴出していく、そして、それが神秘的ともいえるコーダ（終結部）を創り上げていくが、その過程の素晴らしさは全く言葉を失う。まさにこの終楽章は、私の体の血と肉が躍りだす要因になっていく。この心の興奮は、今まで聴いたブルックナーの交響曲のすべての曲にあて嵌まっている。

私が尽きせない思いをこのブルックナーの交響曲に寄せるのは、ブルックナーという作曲家の人間性に興味が何時も湧いてくるからである。各楽章で奏でる音域とその速度は、共通している他の作曲家や演奏家との音楽性の比較がどうしても湧いてくる。

ブルックナーを比較的多く演奏する、あるオーケストラの指揮者は「どの曲も似たような雰囲気で開始し、展開もよく似ている、そしてコーダ（終結部）もワンパターン、だがブルックナーを理解する上で絶対に必要なことは演奏は急き立てない、引きずらない、はや過ぎず、おそ過ぎず、そして特別な気構えや作為をしないように……」と各楽団の演奏者に諭しているそうだ。確かにどの交響曲を聴いていても、そこには教会の中で鳴り響くオルガンの音が鳴り響いている。そして交響曲が進むにつれ、その音の塊は全宇宙に向かって捧げる神への祈りの読経のように誘われていく。それは敬虔なカトリック信者であったブルックナーの信仰心の確証であると私は思う。特別な気構えや作為などはなく、善良で素朴な彼の人間性の発露として作曲の中で昇華していったのだと思う。ブルックナーの交響曲中で支配しているものは饒舌とは無縁な一見ワンパターンと思えるほどの素朴さと冗長さに満たされているが、そこには彼の人生、生い立ち、生活態度、神に対する対応、などが真摯な形で詰め込まれているのだと思う。

J・Sバッハ　人生に対し「イエス！」と応えられる要素を秘めている

破綻のない幸福な生涯を送り、音楽の父といわれたJ・Sバッハ（ヨハン・セバスチァン・バッハ）は、敬虔なクリスチャンであり、仕事においても非常にまじめで、ルネサンス以降のヨーロッパ音楽の体系化に尽力した人である。バッハの音楽を聴いて、宗教的啓示を受け、荘厳かつ敬虔なものに目覚めた人は多い。その音楽は高い精神性と宗教性に富み、安定したメロディーはわかりやすく、単調のようでいて複雑多岐に変化している。

このように見られているバッハに対して、私は今まで他の音楽家に比べると、傾倒する心があまりなかったような気がする。お堅くて信仰心に厚く、道徳の教科書みたいな宗教だけがすべてであるような、そんなイメージを持っていた。私は他の音楽家とは別の宗教音楽世界のような気分で聴いていたような気がしていた。

私のような俗っぽい、湿りがちな人間には、あまりにも崇高で、しかも楽天的な雰囲気には縁がないような気がしていた。

ところが、文献を見たり、放送で流れる曲を聴いたりするうちに、バッハに対する先入観が少しずつ変わりはじめた。

バッハは家庭にも恵まれ、陽気で騒ぐことが大好き、多数の友人たちと音楽を楽しみ、奥さん、子供たちも交えた家庭への来客は絶えることがなかったという。

「ヨハン・セバスチァン・バッハ」は、日本では「ヨハン・コダクサン・バッハ」といわれていたくらい、二度の結婚で作った子供は二十人はいたという。職業音楽家として生涯を過ごした彼は、膨大な数の作曲に励んで後世に名曲を残しているのである。

さて、私事で恐縮であるが、私も二度目の結婚をしたとき、独身時代から親しくお付き合いしていた親友の女性から次のようなお祝いの手紙をいただいた。バッハに因んだものなのであえてご披露する。

《ご結婚なさったというお便りをいただいたのは昨秋のことだったでしょうか。あなたが結婚なさるなんてとても素敵。ジョン・ルイスのバッハと同じくらいに素晴らしいことです。あらためてお祝い申し上げます。私は、それを思う度に、とても幸せな気分になってくるのです。幸せをお祈り申し上げます。》

（一九八九年一月）

そしてそこには贈呈としてCD盤一枚が添えてあった。J・Sバッハの『プレリュードとフーガ』で、演奏はMJQのものであった。

MJQ（モダン・ジャズ・カルテット）はジャズの歴史に不滅の足跡を残したグループで、リーダーのジョン・ルイスはクラシック、特にバロック、なかでもバッハへの傾倒は本格的で、派手でファンキーなジャズファンと、どちらかといえば禁欲的なクラシックファンの間では評価は分かれていた。

このCD盤を一度聴いた限りでは、私はバッハを聴いたという感触はなかったが、むしろこのジョン・ルイスというジャズピアニストに強く惹かれた。後日、私はその親友に次のようなお礼の手紙を書いた。

《あなたは私の結婚に対して、ジョン・ルイスのバッハと同じくらいに素晴らしいと慶んでくれました。その気持ちに感謝しています。

そうです！　バッハがあったのです。今まで私はバッハを疎外していたような気がしています。バッハをもっと見つめなおす必要を今頃になって感じます。クラシック音楽の世界で、古典中の古典として神聖化され、棚に祭り上げてかび臭いような存在にされがちだったバッハを甦らせ、身近なものにしたのは、当のクラシック畑の音楽家ではなく、その外郭にある人たち、それもジャズ・ミュージシャンの人たち、そしてその尖端的な実験者ジョン・ルイスであったことは、贈っていただいたこのCDを聴いていると、演奏のみでなく、その底辺に流れるバッハの心とか、世界とかが次々と拡がっていくことが感じられ、あらためて啓発させられていくのです。過剰な表現かもしれませんが、これを聴いた以前の私と後の私が、日が経つにつれて変わっていくような気がしてくるのです。人には、言語やイメージによって人生の転機とか変革が図られるばかりでなく、音による世界にもこれが内蔵されているような気がします。一皮剥けた人生を私はこれからも目指したいと思

っているところです。》

冒頭のバッハの記述から、ジョン・ルイスというジャズピアニストの演奏のことに飛躍したようだが、少年時代から抱いていたバッハ音楽への愛着と、演奏技量のすべてを賭けた一人のピアニストの心、この稿の結論は〈ジョン・ルイスの心はバッハの心〉だったということを言いたかったのである。

そして私のような聴く者の側から言ってもバッハには、どんな状況下に置かれても、自分自身の人生に対し「イエス！」と素直に応えられる要素が秘められている気がしてならない。

旧友のコンサート席で聴いたラヴェルの『ピアノ協奏曲』

視覚障害のピアノ演奏家、梯剛之が手を引かれて舞台のピアノの前に腰を掛けた。軽い拍手が沸き、両手をピアノのキーの位置に揃えた。しばらくしてから彼の一番近い位置にいるコンサートマスターが「ポン」と彼の背中を叩いた。すると、下された指揮棒と同時に「びしッ」という鞭のような一撃でその曲が始まった。ラヴェルの『ピアノ協奏曲』が脱兎の如く鳴り出した。それはまさに躍動感の溢れたジャズのような官能的な音域で、溢れるように駈け足のように展開していった。「これがピアノの音色だろうか」と私は耳たぶを触った。主旋律も展開部も判らないまま、たちまちのうちにその第一楽章は終わっていた。「これはすごい演奏だ」私は心の中で唸った。第二楽章はピアノと木管楽器の心地よい対話のようなメロディー、まるでハンモックで揺られながら聴く子守歌のような美しさである。それが……突然、叩き起こされたように賑やかなレースで競走馬が疾走していくようなプレスト（急速な）が終わりまで唸り出していた。その最終楽章が終わって万雷の拍手の中、先刻のようにコン・マスに体の位置を決めてもらい、ピアニスト梯は笑顔やら、はにかみやらを一杯溜めながら深々と頭を下げていた。拍手が続くなか、私も震える感動を抑えながら、ふっと衝動的にわれに返った。この席は、いま天国にいる旧友のHさんの席であることに気付き始め、そしていま、ピアニストがやっているように、私の方から深々と頭を下げたい衝動にかられていった。

Hさんの逝ったことを知ったのはつい最近のこと、暑中見舞い代わりに同人誌の初版本を贈った時、彼の奥方からの礼状によってであった。二年以前から心臓疾患で入退院を繰り返して今年七月に永眠したという。私の贈った書は仏前に供えながら私が代読していた、という文面だった。さらに、N響会員になっていた夫妻は毎年コンサートに出向いていた。今年は行けないのでこの会員券を使ってほしいという中身だった。

現役時代、親交を交わし合った飲み友達、退職後、Hさんは伊豆山に居を構えた。彼の許へ私も何回か出向いていていた。全く虚飾のない人柄の回想が続いていた時のこの手紙だけに、この演奏会は私にとってはエポックな体験だった。

それにしても、このラヴェルの『ピアノ協奏曲』冒頭の鞭を振り下ろした「びしッ」という衝撃音は何なんだろうか？　楽譜のことについては門外漢の私だが、これがこの曲のモチーフであるようだ。

もし、心臓疾患のHさんがこの席を温めていたら、彼の心臓がはたしてこの衝撃音に耐えられていただろうか、などと余計な心配もしたのだった。

ドップラー『ハンガリー田園幻想曲』に込められた病床の義弟の思い

書類整理をしていたら、古い手紙と一緒に、先年、素人には病名の分からない難病（全神経麻痺、呼吸不全、緑内障、腰痛、関節炎などとアトピー合併症状？）で亡くなった義弟の、心情溢れる書面が再見された。

私との生前の交際は、普通の親戚付きあいだったが、その後カラオケ等で雑多に集めていた彼のカセットテープの編集整理の依頼などを受け、それを契機として、音楽情報など（ＣＤの新譜）を交換していたが、もっぱらポップスや歌謡曲が中心だった。義弟は、ベッドに臥してからは歩行はもちろん、室内の日常動作すら思うようにならなくなった。以来、もっぱらクラシック音楽を中心に睡眠と黙想生活の中に取り入れ、それを生き甲斐にしていた。そしてこの手紙の完筆までには、緑内障のせいだろうか、相当の時間と苦闘の筆跡がみられ、痛々しい思いに駆られた。
《CDを、早速にありがとうございました。いま繰り返し三度目の『ハンガリー田園幻想曲』を聴きながらこれを書いています。兄さんの書いた「楽興の時代」という名曲との出会いをゆっくり読ませていただきました。昔々私も日比谷公会堂で、ただ、あくびをこらえながら我慢して座っていたことが思い出されます。馬齢を重ねたせいで、上手に言い表すことはできませんが、この『ハンガリー田園幻想曲』を聴いて感じたのですが、外国人が、なんでこうも東洋的、日本的な旋律で作曲できるのか不思議でなりません。かといって日本人が作ったものとも思いませんし、まさに音楽とは世界共通の言葉だと、そう受けとりながら耳にしております。
ところで、下野（しもつけ）の国の入り口「野木」までご足労願いませんでしょうか、遠方で大変でしょうが、兄さんと一緒に名曲を聴いていると、いろいろ質問もでき、クラシックを聴く勉強にもなり、会話が弾み出すと、私の〈ストレス〉解消になり〈アレルギー〉治療にも役立つのではないかとわがままなことを考えております。どうかよろしくお願いします。》
もっともっと、クラシック音楽の世界を知りたいという願いが、この書面に籠められていて、一刻も早く再会をしたいという気を読み手に起こさせてくれる。

今となってみると、この世とあの世で一番近しい間柄、気ごころを充分に知れ尽くした義弟の死はショックだったが、彼が最後に残したこの曲の概評はまことに的を射たものと言えるし、その音楽感覚のまともさに気づいた時、音楽として新たな惜別の感涙が湧いてくるのだ。

その作曲者ドップラーはオーストリアの人で一八二〇年から八〇年代の生存で、フルート奏者であり指揮者としても活躍していた。六つの歌劇と十五曲のバレエ音楽を残したが、現在愛好されているのがこの曲をはじめとするフルート作品である。フルートの音色の特長を充分に生かしきったこの作品が、日本のメロディーと一致していて、とくに日本人にそのフルート情緒が親しまれている。だが、ドップラーはほかに『ハンガリーのモティーフによる幻想曲』とか『ハンガリーのモティーフによる小二重奏曲』を作曲しており、フルートとハンガリーを結びつけることに関心を抱いていたようだ。

ドヴォルザークの歌曲『母の教えてくれた歌』

以前の日本語訳では『我が母の教え給いし歌』と言う賛美歌を思わせるようないかめしい題名だった。

ドヴォルザーク作曲の『ジプシーの歌』（作品五十五）という歌曲集のなかの歌で、ボヘミアの詩人ヘイドークという人の詩を、作曲したもの。彼の曲では最も親しまれた懐かしい作品である。清廉で哀婉（あいえん）に満ちた旋律は、単曲として器楽曲にもよく編曲されている。

彼ドヴォルザークは大変に親孝行だったと伝えられているから、自ら意欲を燃え立たせて作曲したに違いないと思われる。メロディーの節々にそれが行き届いていて心地良い響きで訴える。

親不孝をくり返していた私も、この曲に少しでもあやかりたいと思ったわけではないが、老人性認知症と肺炎で、入院していた八十七歳の母の許への介護の日参が続いていた時のこと。母は入院以来少しでも体調がいいと民謡や童謡、ときには軍歌を病室で歌っていた。それは私や家族との煩わしい生活からの解放からだと無理に思うようになった私は、母に苦労をかけたその罪滅ぼしに、静かで旋律の取りやすいクラシックを何曲か入ったカセットテープを母に聴かせようと思い度々病院へ持参したときのことである。その中にこの『母の教えてくれた歌』も入っていたように思う。もうこのときは病状もかなり進行していて、気難しいだんまり症状も続いていたが、この日は、何となく和らいでいた感じだった。しばらくイヤホーンで聴いていた母は、何を感じたのか急に、同じドヴォルザークの『ユーモレスク』をハミングしだしたのだった。そのメロディーを知っていたのには全く驚いてしまった。今日は殊更に機嫌がいいのだ。

「向こうの歌にもいいのがあるねェ……」と感慨深げに言いながら、今度は何か英語らしき歌を歌い出した。

「それ、何という曲？」と聞いてみた。

「てんぷらりい……だよ！」

「えッ、天ぷらあげ！」

私のとんでもない答えに母は声をあげて笑った。

母がいつどこでその曲を覚えたかもわからないが、しっかりとメロディーは取れていた。その日一日、母は機嫌よく過ごした。私は家に帰ってから懸命に、母の歌ったそのメロディーを探した。三日目にそれがどうやらわかった。イギリスのウイリアムズという人が作ったいくつかの合唱曲の中の『ティペラリー』という旋律だった。そのテープには、ソヴィエト赤軍合唱団による古いロシア民謡などが十数曲集められていて、その中の最後に収められていた。その合唱曲は明るく見事に歌い上げられていた。詳しいデータは不明のまま過ごしていたが、むかしソ連の赤軍合唱団が親善交歓のため英国海軍を訪問したときに歌われたようで、イギリス軍人の間でも陽気に歌われた酒宴の席の曲のようである。結局、その程度のことしか解らなかった。母は少女時代（大正初期のよき時代）、おそらく級友たちと各国の民謡と一緒にこのメロディーを歌っていたのだろう。それを思ったとき、病床にある母と一緒になって、郷愁に浸ってあげたい気持ちがこみ上げてきた。

ドヴォルザークの『母の教えてくれた歌』を聴いていると、母の回想と同時に、いままでも歌や音楽には国境も時代もない、人類の財産であることが、あらためて私の身近で確かめられている。

リスト『巡礼の年』に思う

ハンガリー出身の作曲家フランツ・リストは七十五年の生涯で、旅の風景や人生の出来事を平静な心境の中で、多くのピアノ作品を残している。有名な『ハンガリー狂詩曲』や『リゴレット・パラフレーズ』は、派手で躍動的だが、「詩的で宗教的な調べ」を含む一連のピアノ曲集『巡礼の年』は、リストの文学的な観念と随想をピアノに託し、何かに向かって敬虔な祈りを捧げたくなるような瞑想的な旋律がソフトな形になって溢れている。

それが日常的な私には感動的であるのだ。これらの曲に触れていると、瞑想、追想、回想、追憶といった情緒をちりばめたような感傷的な環境に小時間でも漬かっていられる。私にとって、リストの曲はまさに必需品的な癒やしの曲である。

私の目まぐるしかった生涯の中でも、ピアノ曲集『巡礼の年』は、その時々において芳しい香りに浸ったような清涼感を全身に与えてくれていた。静かな環境に浸っていられる名曲だと思うし、私が人を思う時、自分のことを思い、言葉を投げかけてくれた人、手紙をくれた人たちのことを考えた時など、浮き沈みの多かった心境の中で、常に冷静さを感じとり、私の次の行動を思い起こさせてくれるモチーフにもなっていた。

私の今に、フランツ・リストの曲のような心境にいられる時間が得られるとすれば、真っ先に回想されるのは、なんといっても、若くして逝った息子の映像である。そして、献身的、盲心的とも言えそうな、私に対する母の悲しみであった。

五十歳直前に逝った息子の心情を思う時、私にとってのそれは、人生最大の痛恨事であり、エレジー（悲歌）かも知れないが、逆にその追憶にしがみ付いて生きていくことが、私の内面の旅路なのかもしれないし、その目標点になるかもしれないと信じ始めている。

以前のような絶望的な「悲しみ」ではなく、今では、私の「生き甲斐の糧」の一つとして、絶えず次の行動のモチーフの指針にもなるような、プラス思考が湧きでるような気がしてくるものなのだ。

リストは、ピアニストとしても七十五年の生涯を比較的派手な活動をしていたように音楽史には書かれている。しかし、彼の曲を聴きながらその内面を察すると、旅の風景や、自分の人生の出来事を冷静に思い返し、そして堅実で虚飾のない地味な曲をかなり作っていることに気づく。

リストの曲は生活態様の一つの具現として、私にとっては恐るべき魔力であり、やさしさと美を秘めた魅力でもあるのだ。

こんな私の音楽鑑賞の姿勢は、八十年以上にも及んだ生涯という旅路において、計り知れない影響力を獲得していたように思われ、このことの満足感と、それによって生涯の主軸ともなっていた幾つかの「悲歌（エレジー）」をも克服し、これからの内面の旅路の糧にもなっていることに、現在の生き甲斐を感じてもいるのである。

ハチャトゥリァン　不思議なほどの逞しい力とほとばしる情熱を感じる

若いときからクラシック音楽に慣れ親しんできていた私は、いまだに、八十歳を過ぎても、飽くことなく鑑賞が続けられているのは、私のいまの生活の形態とその変わり方、そして心境の現れが、不思議に音楽に左右され連結しているからだろうと思っている。

だが、あえて今までの鑑賞上での学習の変遷をたどるなら、古典派の音楽に溺れ、前期と後期ロマン派音楽などの感動を通して、ようやくいま現代音楽、とくに二十世紀の音楽にたどり着いたところであると思ってはいる。

でも、昨今ではそんな時代経過のことよりも、ただ私の〈今〉を生きて、脳波を刺激するだけの、そして自分の心の状態に身をゆだねるだけの音楽鑑賞であるにすぎない。そして、もっともっと新鮮なスタイルの、そして新感覚の演奏を聞きたい意欲のほうが先走っている。それは専門知識とか音楽理論や音楽史の研究などではもちろんなく、ただ聴くという鑑賞の域は一歩も出てはいないということを承知の上でのことである。

ところで、最近私は滅茶苦茶に羽目を外して、バカ騒ぎをしたい衝動に駆られている。それはこのバレエ音楽『ガイーヌ』を久しぶりに耳に入れてからである。ひと言でいうならこの曲、旧ソヴィエト連邦の代表的な作曲家で、土俗的な香りに溢れた数々の曲をわれわれに聴かせてくれたアラム・ハチャトゥリァンのもので、この曲もアルメニアの土俗音楽といわれる要素がふんだんに盛られている。

落ち込んだときなどは耳をふさぎたくなるような音楽ともいえるが、傍若無人で騒々しく、品がなくても痛快なくらいにあけすけで、それでいて不思議なほどの逞しい力とほとばしる情熱を感じる、そういった曲である。

組曲として第一と第二に分かれているが、どこから入っても、むんむんとした熱気が迫ってくる感じだ。

『剣の舞』の躍動に先ず驚き、『アイシェの踊り』『バラの乙女たちの踊り』『クルト人の踊り』『子守唄』『レズギンカ』など次々と表れる荒々しい旋律は留まることがない。だが

『アイシェの踊り』とか『子守唄』ではその荒々しさが一息止まり、可憐さと、哀愁の混ざった元の平常心になるような静かな情熱が繰り広がっていくあたりは、なんとも言いようのない親近性と豊かな感性が迫ってくるのだ。

音楽は世界共通の言葉というが、世界の隅々にまでその心を容易に受け入れさせるものは音楽以外にはない。そして、そこには言語の違いという障害を取り除いた民族楽器の存在は見逃せないのである。

この曲を聴いているとまさに古い国アルメニアの土俗楽器による旋律と踊りの曲とが次々と現れ、心を揺さ振るのだ。歌詞や踊りの技法はわからないけれど、その風俗習慣がたやすく受け入れられるのは、民族楽器の音色によってその心の動きが聴くものに理解されるからだろうと思う。

アルメニア出身のハチャトゥリァンは、本格的に音楽を勉強するまで、モスクワの大衆音楽と、アルメニア、グルジア、アゼルバイジャンの躍動的な民族音楽に没頭していた。この体験が彼の手法と様式に一貫した影響を与えていたのである。

そして彼の書く音楽から、中央アジア的背景は一生消えなかった。

この『ガイーヌ』のほかに『スパルタクス』や『仮面舞踏会』『ヴァイオリン協奏曲』などが有名であり、魅力的である。

コンサート指揮者の力量と人格的魅力

バロック時代から古典派音楽まで、オーケストラとされた曲の演奏を自由に聴けるのは、当時の絶対王政下の王侯貴族の特権であり、自分らの宮廷の繁栄のみを図る器楽曲か、その合奏曲が中心の課題であった。しかし現代の管弦楽団とは比べ物にならないほど小規模なものだった。

宮廷内の広間では連日のように、バッハやモーツァルトの器楽の合奏をしていたが、指揮者の存在などは考慮の必要はなかった。それは舞踏会や結婚式の宴会であったり、狩猟や花火大会のための伴奏音楽でもあった。

同時代のヘンデル『水上の音楽』や『王宮の花火の音楽』を聴くと、イギリスの王侯貴族たちが、舟を出してテムズ川の花火大会を楽しんでいた時の様子のＢＧＭ音楽そのものであるといえる。

バッハの『管弦楽組曲』や『ブランデンブルク協奏曲』、モーツァルトの『セレナーデ』とか『ディベルティメント』などの管弦楽もこの時代の風習や行事に従ってBGMのための演奏といえる。

そして現代のオーケストラの原型が確立されたのが十九世紀後半に入ってからだった。それは端的にいうならベートーヴェン以降からといえる。コンサートという制度も爆発的な発展を遂げるのは十九世紀に入ってからであり、コンサート音楽専用のホールで行われる入場券を買えば誰でも自由に、鑑賞できるようになり、ヨーロッパ各地で次々とホールが建設されていった。そしてこのオーケストラの器楽奏者の要員からコンサートマスター制度を設け、ヴァイオリン奏者の最前列者の一人があてがわれて、正式の〈指揮者〉との調整を担った。

本来、私たちクラシック音楽を愛好する者は、大ホールで管弦楽団が演奏する作曲家たちの作品に、感動を求めるために集うものである。それにはその楽団をリードする個性的な指揮者の力量を求める必要に迫られてくる。作曲家たちが紙に書かれた「楽譜」に魂を入れて本来の姿にすることだ。それには指揮者の個性に負うことが大きい。指揮者は、デスクワークとして全知全能を傾けて学んだ指揮法、によって全体駆を動員し、器楽全奏者に指揮棒を振る。演奏は航海に譬えられる。指揮者は船長に当たり出発から到着まで、速度や様々な楽想を描いて運行するのだ。

今の指揮者のイメージ

クラシック音楽の演奏会というと、真っ先に指揮者を思い浮かべる人がほとんどである。指揮者とは「作曲家が描いた楽譜に、作曲家の意図を解釈してそれをオーケストラに伝え、その解釈に沿った演奏をさせる」となっている。その理由の一つとして作曲家が死んでしまった曲も演奏することになったからである。モーツァルト、ベートーヴェンの時代までのほとんどの演奏は自作自演であった。この世に生存しない人の曲は、誰も演奏しないし、聴こうともしなかったのだ。しかし、ベートーヴェンが現れてからは事情が変わっていったのだった。自らも自作自演で、指揮台に立ったベートーヴェンは、作曲した交響曲『第九番』のホール会場の演奏で、その最終楽章の合唱の直前で、ピッタリと指揮棒が止まってしまった。彼のかねてよりの「難聴」の症状が発覚し、指揮台から降りざるを得なかった事態に、初めて代役の指揮が必要になったのだった。この事態が契機となり「指揮者」の必要性を生んだ理由の一つにもなっていた。

名指揮者フルトヴェングラーのこと

オーケストラと指揮者について

音楽史を辿ると、十八世紀まではオーケストラの指揮者という存在はなかった。そして十九世紀に入ってからも手慣れた楽器のコンサートマスタークラスの合図によって、せいぜいベートーヴェンからブラームスあたりまでの演奏ならそれぞれの合図によってそれが出来ていたようだった。指揮者が一つのカリスマになったのは、二十世紀後半からで、今ではは大作曲家として知られているリヒャルト・シュトラウスやマーラーは、この時代においてはカリスマ指揮者として名を挙げていた。

指揮者という存在がよりによって十九世紀に登場したということは逆説的であって、封建時代の十八世紀以前には、宮廷のお抱え楽団が少人数で互いの呼吸を見計らいながら和気あいあいと演奏していた。それが十九世紀に入り民主化の時代になってから指揮者という独裁者を生んだことになる。独裁者といえば十九世紀初頭からの世界の歴史が、まさに、レーニンやスターリン、チャーチル、ヒトラー、ドゴールといったカリスマ的な政治家が横行していた時代だった。クラシックの本場ドイツでも誕生したナチス政権によって多くの音楽家たちが亡命や追放などにより、政治の流れに翻弄されていった。

私のクラシック音楽のオーケストラ鑑賞歴の中核になったのがフルトヴェングラー、トスカニーニ、クレンペラー、ムラヴィンスキー、カール・ベームさらにカラヤン、バーンスタインといった十九世紀初頭に生まれた巨匠たちの面影であった。指揮棒を会場で振る彼らの容姿や、演奏会場の雰囲気や成果なども、二十一世紀の私たちの目にも触れることができるのだ。

今日、私たちが音楽を聴く機会はＤＶＤやＣＤやネットで流れる動画など、メディアを通したものが圧倒的に多い。そこにあるものは常に彼らのエネルギーによるオーケストラ演奏の魔力であり、まさに黄金時代だったといえる。その音響や映像は、いま熟年に達した私たちの心の琴線を震わせ続けているのだ。私の忘れられない指揮者の思い出、それはフルトヴェングラーとトスカニーニ、である。

フルトヴェングラー自由の喜びと引きずる苦悩とがひたひたと迫ってくるようだ

普通なら五十年という歳月が経てば歴史的存在そのものだけが問題にされ、その中だけで固定されてしまうのが常である。しかしフルトヴェングラーの場合は決してそうではない。

それどころか彼の残した膨大な数のレコードの一枚一枚が今でも生き生きと名盤として生命力を保っている。そのなかには演奏会の実況録音レコードあり、指揮振りの生の声の入ったスタジオ録音ありで多彩である。ＳＰ時代もＬＰ盤になってからも画期的な録音技術によって、ステレオ盤を作っているというからまさに驚異的である。ＣＤ盤になるとそうした録音テクニックをはるかに超えた新技術によって、フルトヴェングラーの音づくりの隅々に至るまでが、私たち聴く者の耳に届いてくるようになった。

私はフルトヴェングラーの音づくりに対して、いたずらに興奮を掻き立てるのではなく、むしろ悠然と構えた歩みを保ち、精神的な深みとその風格には派手さはなくとも、決して枯れてはいない風情すらを感じ、何ものにも比べられない偉大な境地が味わえると思っている。

音楽評論家は彼の演奏スタイルを、作品の精神性を重んじた、ことさら主観的なテンポの遅い指揮と言っているが、確かにそう感じる。

私が、初めて彼のベートーヴェンに接したときの感動はいまでも忘れられない。戦後のレコード界のほとんどはアメリカ中心の輸入盤だった。ブルーノ・ワルター、レナード・バーンスタイン、ユージン・オーマンディ、そしてアルトゥーロ・トスカニーニが主だった。そしてベートーヴェンの演奏は今思うと、どれもモーツァルトのように華麗で軽快だった気がする。

やがて東芝エンジェルのラヴェルで発売された彼のＬＰ盤のベートーヴェンのテンポの遅さはまさに驚きだった。それが深みのある名演奏と思うようになったのはだいぶ経ってからだった。対照的な作曲者の指示を厳しく守る客観的な指揮で知られるイタリアのトスカニーニとは厳しいライバル関係にあったようだった。

そして政治的姿勢も同様であった。ファシズムを嫌ったトスカニーニがすぐにアメリカに移ったのに対し、彼はドイツに残った。「第三帝国で指揮する者は皆ナチだ」として本国、ヨーロッパのライバル演奏家に難詰されても、こう反論した。「音楽はゲシュタポも手出しのできないところに人々を連れていくのだ」(フルトヴェングラー著『グレート・レコーディンズ』音楽之友社)といった。

実際はナチに抵抗し、ユダヤ人音楽家を守ろうとした。しかし結局収容所送りの危険が迫り、戦争末期にスイスに逃れた。だが、ドイツにとどまって戦時中は軍需工場などで演奏したことがナチ支持者とみなされ、強い非難を浴びたのだ。ナチ協力を問われた裁判ではこう証言している。「恐怖政治下でのドイツ国民ほど、ベートーヴェンの自由と人類愛のメッセージを切望した人々はいなかった。ドイツ国民とともに残ったことを私は後悔していない」。

結果は無罪だったが、この非難は彼にとっては大きな打撃だった。狂気の政治に対して、純真でありすぎた音楽家の悲劇であったともいえる。

無罪の後、廃墟のベルリンでベートーヴェンの『交響曲第五番「運命」』を指揮した彼の胸中はどのようなものだったのだろう。想像すると胸が痛む。名盤といわれるそのＣＤを聴けば、自由の喜びと、なお引きずる苦悩とが、ひたひたと迫ってくるようでその偉大性が胸に響いてくる。

一九五一年七月二十九日、バイロイトではワーグナー祭を機として、フルトヴェングラー指揮下にベートーヴェンの『第九交響曲』が演奏された。これは音楽史上記念すべき催しと言わねばならない。そして、これは世界の文明史上においても画期的イベントであると思うのだ。

フルトヴェングラーは、二〇二四年には没後七十年を迎える。普通なら歴史的存在だけが問題視され、固定されてしまうのが常だと思うが、私という一粒のクラシックファンの心の中でさえ、彼の残した多くの名盤や映像が生き生きと生命力を保って生きている。

第二章　映画

映画は私の人生読本

若いころから一種の気分屋で見栄張りだった私は、人間関係がえらく煩わしくなってどうしょうもなく、一人だけになって、思い切り孤独のポーズをとりたいときがある。

そういうときの逃げ場を満たしていてくれたのが映画だった。見たいと思いながら逃がしたものや、かつて話題になっていた作品のかかっている映画館を新聞の案内欄から探し出し、ためらわず足を運ぶ。

映画館には自分自身の姿を外からは認識されない暗さがあり、全く干渉されない空間と一定の時間があって、しっかりとそれに浸かっていられる自由な雰囲気があるからだ。

座席に落ち着き、これから開始される上映内容に思い巡らしながら味わうあの心のときめきは、何ともいえないスリルに似たものがある。私には快い緊張感だ。次々とスクリーンに映っては消え行く魅惑のシーンの数々。そこには人生の喜怒哀楽の姿が展開され、ロマンスあり、推理あり、音楽あり、そしてアクションありで、絶え間なく瞳に焼きついていく夢の世界である。それにつられて私自身のボルテージも高まっていくのだ。

映画とはおよそ比べものにならないような現実の自分の生活や平凡な日常にたち戻るまでの間、この陶酔は、かけがいのない心の糧となってどんどん蓄積されていく。

期待通りの出来映えの映画を見たあと、星空を仰ぎながら家路につく私の胸は、ある種の酩酊に包まれる。先ほどまで繰り広げられたスクリーンを反芻しながら、思い出し笑いをしたり、深刻な気分になったり、また、背景音楽のメロディーを口ずさんだりして浮かれたりする。それは、おいしい料理をタラフク食べたような満足度とバラ色ともいえそうな幸福感が湧き出てくる瞬間でもある。

いま、テレビでは名画劇場と称して、映画は夜に昼に毎日放映している。その中から往年の名画を探ることも比較的容易になっている。ビデオに録画できるようにもなり自分の時間で見ることもできる。

だが、私の〈映画を見ること〉の意味は少し違うのだ。それは、見たい映画のかかっている小屋へ体を運ぶことであって、テレビの映画では何本見てもこの雰囲気は伝わって来ない気がするのだ。

そうはいうものの年を重ねた今では、こうした行動的な映画鑑賞は望めなくなった。その理由は私自身の体力にもあるし、社会の仕組みが変わったせいもある。テレビに映される名画劇場でも、居ながらにして懐かしい作品に接すると、映画館通いをしていたときの生活が、再映されているような気分で、当時の自分を彷彿とさせることはできる。

世の中が慌ただしく変化しているときほど、こういった往年の名画に接する機会を多くもちたいという気持ちは変わらない。

人は、自分の人生一つしか知らないのが現実である。けれども、一つの人生しか知らないというのは、私にはやはり寂しい。もっと違った、もっと多くの人の多様な人生を知りたいという願いは今でも消えない。他人が作った他人の人生だから、こんな欲張りで、のんきなことが言えるのかもしれないが、私にとっては他人事ではないようだ。

映画の中の人生模様の中には、私にとってはたくさんの教訓、そして生きていくことについての指針や反省材料やら、岐路に立たされたときの選択肢のようなものが多く含まれているような気がしてならない。鑑賞というとすぐ芸術作品を連想したがっていた私は、いま、あらためて映画の醍醐味を見直したいと思っている。

私にとって映画は、厳しい現実を回避したいときでも、憩いの時間を満喫したいときでも、娯楽気分にひたりたいときでも、生きていくための何かをつかみ、何かが残る気がしてならない。

映画は、人生を体得するために格好な読本だと思っている。

クラシック音楽的なチャンバラ映画『赤西蠣太』

いま、高齢者になっている私の生活感を思うと、メディアなどによる卑近な生活情報で体感した映画や音楽から得た感動の方が、孤独な生き甲斐を見出せるようになっている。ある時、昭和十一年作品の映画を、テレビ放映で見たときの印象が鮮明に残っている。

志賀直哉の短編小説『赤西蠣太』を、片岡千恵蔵プロの伊丹万作監督がオリジナルな映像を展開していた。内容は時代劇のおはこ、お家騒動「伊達騒動」である。観ていて何時の間にか気分がほぐれ身を乗り出していた。そこには武士社会の揶揄（からかい）や奥女中との恋のやり取り等の演出が淀みなく展開されていた。下級武士赤西蠣太と、その同僚たちの対話を、現代口調で語らせ、原田甲斐という騒動の張本人には、歌舞伎様式の文語調を語らせている。そして片岡千恵蔵にその二役を演じさせていた。その演技のコントロールと落差感は快く心憎いほどで、知的な要素を盛り上げた時代劇にしている。

冒頭のパッと開いた雨傘の俯瞰シーンではいきなりショパンのピアノ曲『雨だれ』が流されていたのには驚いた。劇中、奥女中の「さざ波」が「蠣太」に思いを寄せる仕草のシーンには、メンデルスゾーンのヴァイオリン協奏曲や、ベートーヴェンの交響曲八番のアレグレットが流され、最後のシーンの『結婚行進曲』も意外な斬新性で効果的である。

ちょんまげ頭と袴姿のサラリーマン武士たちが、クラシック曲の伴奏で繰り広げるチャンバラ映画。異様だが、今の私には「打って付けの年寄りの冷や水」と言えそうだ。永い私の映画人生を回顧するとき、この映画は、一瞬の清涼感やほろ苦い味を占めていた。

チャップリンの映画『街の灯』と音楽性

確か、小学生の低学年の頃には、もう外国の映画にも馴染んでいたと思う。今でいう「お手伝いさん」に連れられて父の交友関係で出入りしていた、浅草六区を遊歩し、映画館や寄席の小屋などに入り、楽しませてもらっていた。もし、この頃より映画、音楽、芝居に馴染んでいなかったら、今のような作文に励んだり、映画館通いや、カメラやレコードディスクなどを弄んだりして自分を見出す生活はなかったと思う。

さすが高齢になってからの映画館通いはできないが往年の名画は未だに忘れずにいる。その中でも「チャップリン」の映画は新作も旧作も関係なくその印象は消えない。全て自身チャップリン主演・監督・脚本で連ねられた作品には、人間社会の隘路ともいえる貧困、戦争そして、機械文明に翻弄されていく庶民の生活感情の虚しさを、笑いとギャグで吹き飛ばす姿態と逞しさはまさに独特と私には言える。

不況が吹き荒れているアメリカ大都市、その街の片隅で、逞しく、そして不器用に生き抜いていく浮浪者が、純情で盲目の花売り娘に憧れ、その盲目を癒やす完治医療費のために連日の労働や出稼ぎで、全額を提供する。献身的な活躍と愛情の交流を素直に描いた作品『街の灯』。

色彩の世界を全く感知しなかった花売り娘が、数か月後、眼の病が癒えて、その浮浪者と再び巡り合った。この映画の最後の数分間のシーンが見どころである。

この映画はモノクロ映画でしかも無音声である。現代の感覚でいえば写真も古いし時に画面が流れる年代物である。しかし、眼病が癒えて初めて接する手の感触で、恩人である浮浪者に気付き思わず吐いた言葉が「ＹＯＵ？」という字幕のみで、画像も手も顔も写されず、この映画の終わりだった。私は、モノクロで無声映画の偉力をここで感じた。

胸を手探り、胸元の袋にそっと挿し入れる小さな花には、一点の色彩が慎ましく煌めいていた。彼女の持つ籠の花束、街角の小さなブティック店の洋服生地にも私には配色が感じられ、モノクロ映画の中に、淡い色彩印象を抱かせるようだった。

永い私の映画鑑賞歴で、特に私が高齢者社会の一人であることを意識するようになってからも、この作品の真綿のような感触は消えていない。

古い劇映画中の人生模様の中には、今になってもたくさんの教訓や指針、反省資料など、私にとって現実の対応を教えてくれる。壮年期の枯渇からの脱皮を目指すための学習塾のような映画館通いであった。そして、この古いチャップリン映画の何本かは私にとっては、もう消すことのできない身体の染みのようなものになっているようだ。

笑わないバスター・キートンの喜劇映画

二十世紀アメリカの喜劇映画には様々なスタイルの俳優が群居していた。私自身、幼、少年時代からスクリーンで接した本数はかなり多いし、小学生時代には表題の俳優はもう活躍していた。喜劇俳優として、より知名度の高いチャーリー・チャップリンはいうまでもなく、ローレル・ハーディ、とか、眼鏡のハロルド・ロイド、ボブ・ホープ、アボット・コステロ、マルクス兄弟など、それぞれがそれなりの個性とキャラクターを持って世界中のスクリーンに人気を振り回していた。

私がことさら「バスター・キートン」をとり上げたのは特に深い意味を有していたわけではないが、ただ「喜劇」の中味とする人の職業の種類や生活様式とかと、それぞれの人生観からの個性、人との絡み合いによって、喜劇を目的とする描き方に、他のコメディアンと少し異なる動態や静態を感じたからである。

それが、「キートン」でいえば、彼はどんなシーンにおいても決して笑わなかったことである。彼の笑顔をスクリーンでは一度も見たことがない。その笑わない意味を追うのがキートン映画の特徴であり、喜劇映画を作る基礎的な要因となっているような気がする。チャップリンが人を惹きつけるあの含み笑いとペーソスの不可欠と同じように、キートンにはこの笑わない冷たい無表情と無機質な行動とエネルギーが必要だったのだと思う。『キートンの大学生』という映画では、恋人に寄せる思いのために自分の運動コンプレックスに、あらゆる挑戦をするキートンの涙ぐましい奮闘努力が全編にわたり描かれる。それがまじめで一途な彼の姿には笑顔一つない。カレッジの卒業で彼の学問の成績は首席であっても華々しさはなく、しかも、スポーツ面では全く不器用で運動神経は乏しく、エラーの繰り返しで、他の同僚学生からはバカにされ通していた。それでも以前から彼に目を付け好意を寄せている恋人の目を惹くために、スポーツへの挑戦は怠りなく、日夜人並みを目指してハードな練習を続けていた。野球部に行かされた彼はサード（三塁手）を担うが、打球が来ても股下をくぐらせたり、頭上を飛ぶ球も追いかけられず茫然と見送ったりする。およそお粗末な守備である。攻撃面でも、チームは連続フォアボールでノーアウト満塁、珍しくデッドボールで三塁まで進塁したキートンだが、次打者がヒットでもすれば一挙に生還できるはずが、この次打者のヒット性の当たりでも、一、二塁から疾走する味方二人のランナーに足が遅いため追い抜かれる、追い越した二人はルールでアウト、三塁にいたキートンも凡走するが本塁寸前タッチ・アウトされ、三人とも同時アウトで無得点。全く様にならない試合運びで試合はオジャン。陸上競技では、槍投げに挑んだ、投げた槍がどこに飛んだかわからなくなり、頭上を見上げながらふらふらする不安げな反応、槍はどこへ行ったかわからない、砲丸投げでは、あの重い砲丸に体の方が振り回され、付近にいた同僚は危険で逃げまどうというシーン、それでも彼はいつも集団練習の後、黙々として一人で各競技に挑戦する同僚からの教えを受けるにも話にならないくらいのあきれた運動力なのだ。要するに彼はいつも場違いの人間で、同僚には疎外され、恋人以外には人気がない大学生といえる。だがそれでも孤独な練習は無表情な様相で真剣に繰り返しをしていた。

こんなある時「キートン」の恋人から「いま、普段から嫌いだった男学友に誘惑され、部屋に監禁されているから助けて！」という電話が入る。こうなったら、キートンもこの映画も独壇場、全てを擲って突っ走るのだ。町中の群衆を右に左に間を器用に縫って走り抜けるキートン、走り高跳びや三段跳びでは見られなかった成功率で、家々の塀を、垣根を異様な速さで走り抜ける。そして二階に監禁されている部屋には外の出窓から棒高跳びの要領よろしく物干し竿で一気に出窓から飛び込んだ。そして相手の男には部屋にある小物をつかみ、手当たり次第に投げつける。それが悉く命中し男は手向かう余裕なく、遂に窓から飛び降りる。後ろから目がけて投げ槍風に棒を投げるがこれも見事背中と足許に命中、物干し場の前で倒れこんでしまう。

「わたしを助けるために練習していたのね！」と彼女はキートンにすがりつく。彼の恋の願いはみごとに成就。

このあと、映画は急展開。教会での結婚式、家庭内では母親にまとわりつく三人の幼児の目の前で欠伸をして退屈している夫のキートン、次に二人の白髪老夫婦の言い争いの姿、そして最後に小さく納まった二人並んだ墓石が映って「ジ・エンド」。二人が教会へ入るシーンからこの間の上映時間は約二分間だけ。

「人生なんて、みんなこんなもんさ！」ということらしい。

私が最初に観たスクリーン上のキートンと、最後に観た彼のスクリーンをのぞいてみる。キートン像を観た最初の映画は『キートンの蒸気船』だった。キートンのおやじはミシシッピー河を上下するおんぼろ蒸気船のいかつい船長で、田舎者の頑固な大男だ。赤子の時から会っていない息子のキートンから「駅まで迎え頼む、目印にカーネーションを胸に挿してゆく。ジュニア」という知らせ。電報を受け取ったおやじは、息子の成長ぶりを期待しつつ駅まで迎えに行く。駅といっても田舎の小さな駅。ところがよりによってその日は「母の日」ときている。どの紳士も胸にカーネーションを挿しているので息子の見分けがつかない。「あんたはわしの息子かね？」と馬鹿げた質問をして探す。誰もが「ノー」と答えるだけ。列車は次の駅に向かって出て行ってしまう……。列車が去った後、ただひとり、線路の反対側にぼんやり立っている間抜けな小男の後ろ姿がポツンとみえるのだ。彼は降りてから一歩も動かないでいた。それが間抜けと呼ぶにはあまりにも悲しいキートンのうしろ姿であった。おびえたような、それでいて無邪気ではないが、大きく見開かれた大きな目と、緊張で感情を抑えた姿勢、それが決して笑わないキートン・フェイスをもった息子だったのだ。

キートンのこの間違いと、その場違いな存在や行動は全作品のキャラクターが中心を占め、波乱を巻き起こしたり、呆れて周囲が離れたりする。キートンの喜劇の対象は、目の前の人間交流の現実や、自然現象、の外にも木炭自動車や、列車、蒸気船、運動器具そしてその他の競技や遊びとの基本的な不釣り合い、場違い、アンバランスから出発している。そしてこれらの克服のための格闘の軌跡がいつも冷たく容赦なく描かれている。格闘の軌跡には、チャップリンの描くようなペーソスや喜怒哀楽は全くなく、絶対的で真剣で一途で妥協がない。だから本人は笑う暇すらないのだ。この繰り返しがキートン映画の本領だと思う。笑顔のないキートン映画は我々にある種の安堵感を植え付ける。笑いの内容にはいつも共感があるのだ。

だが、私が最後に見たキートンのスクリーン、それがなんとチャーリー・チャップリンの『ライム・ライト』だったから不思議だ。チャップリン扮する落ちぶれた客席芸人のカルヴエロの復活する最後の舞台のシーンで、かつてのライバルとしてバスター・キートンがピアノ弾き役として助演していた。劇中、舞台の幕がおりると、その成功に二人は大衆の前で抱きあって感泣するというシーンがあった。名喜劇役者が最初にして最後の共演を果たしていたのは、それがスクリーン上であっても、私にとっても忘れられない思い出の名体験場面だった。

人生において、普通で平穏なことは、容易なことでない。だが反面、気張ることはない。自分の求める美しいものは人に見せるものでもないから自然と笑いの出ないほど真剣になるのだ。このことの片鱗を見せてくれているキートン映画は私にとってはユニークな存在に思えるのだ。

アニメ映画『千と千尋の神隠し』の異色性

映画館で古い時代の映画を見るような感触がドンドン変わっていくので、老齢化していく私の映画鑑賞度は、なかなか厳しい努力を必要としている。つまりは、いわゆる老齢化に甘んじて維持しているからである。

それでも映画を語ることが好きでたまらない私は、その絞り出した感触がようやくアニメ映画の鑑賞に意欲が及んでいる。いま、盛んに作り出しているアニメ映画の人気作家は何といっても宮崎駿（はやお）である。そして、まず、忘れられないのが『となりのトトロ』という作品で、主人公の少女と豊かな自然界に住む異様な風体の妖怪たちとの交流を、真面目な姿勢で交流していく姿を描いていて、それなりに楽しかったが、この辺りはまだ子供向けの素直な教訓を持った楽しい映画である。

だが、次の『千と千尋の神隠し』は何とも奇妙な世界で、すこし、想像とはかけ離れた感があったが楽しさは変わらない。むしろ、これは私のような枯渇した老人が見たほうが、かえって裏返しの「趣（おもむき）」の意味が想定されていて、楽しみの意味が倍増された感を抱かせる。

一人の少女が両親と引っ越すということで、郊外へ向かう道の途中、見かけないあるトンネルを抜けたため、全く違う世界に紛れ込んでしまった。それからは思いもよらぬ数々の災難に遭遇するという話。

このアニメ映画の舞台が「油屋（ゆや）」という銭湯とも温泉旅館とも、そして、昔からあった遊郭の「なんとか楼」とも、勘ぐればきりのない享楽的な大人の世界であった。こういう世界は、今の子供たちの入り込む理解の余地がないにも拘らず、「筋」は容赦なく展開されていくのだ。ここに現れる「神」とも「妖精、妖怪」何かの化身ともいえそうな個性的な化け物が次々と現れる。その個性あふれる躍動像は見事といえる。油屋の経営者が「湯婆婆・ゆばーば」という強欲な魔法使い、従業員の一人、六本の手を駆使する「釜爺・かまじい」という釜焚きのじいさん、神主や巫女の姿の膳運びや仲居たち、そして、夜な夜な客として押しかける異様で巨大で、グロテスクな塵埃の塊のような異形な神々たちは、この温泉宿で金塊をばら撒きながら、やりたい放題の行状。猥雑で奇々怪々なキャラクターは目を充分に楽しませてくれる。

この映画には何かを意図するような難しいテーマはないが、何も考えずに二時間間あまり、目の前に展開する画像のみで充分満喫できるアニメ作品で、老境に達している私の映画感触でも楽しい時間が過ごせる。

デュカス　映像があって一緒になって興奮し、楽しむ曲

ある日のこと、魔法使いの弟子が、主人の留守を狙い、日頃習った魔法を試してみようと、傍にあった箒に呪文を唱えてみる。

たちまち箒に手足が生えたまではいいが、箒は、猛烈に働き始め、せっせと大きな釜に水を運ぶ作業に懸命になる。箒の精力的な作業で、まもなく釜に水が一杯になる。

弟子はもう止めさせようとするが、肝心の止める呪文を忘れてしまい、大慌てになり狼狽するがどうすることもできない。箒はそんなことには構わず、せっせと仕事を機械的に続けている。たまりかねた弟子は思い余って箒を真っ二つに割ってしまう。二本になった箒はそれでも、ますますスピードを速め、二倍の水を運んでくる。

青くなった弟子はどうしようもなく「先生、どうぞ早く帰ってきてください」と懸命に

祈りを捧げる。その祈りがまもなく通じ、主人の魔法使いが急ぎ戻ってきて、ようやく止める呪文によって、その魔法を解いてやるという設定で演奏される交響詩『魔法使いの弟子』。

なにか人を食ったような話を主題にしているようだが、実はこの曲、ゲーテのバラードによる辛辣なユーモアを盛ったクラシックの名曲なのである。

パリ生まれのポール・デュカスはドビュッシーに兄事していたと伝えられ、多くの作品を持ってはいるが、発表は気に入ったものだけだったそうで、この曲は一八九七年に彼自らの指揮で初演されている。

そのときのパリの世相とか政情がどんなものであったかは別として、熱烈な喝采を受けたという。

この曲、よく聴いてみると、この辛辣さはどこかの国の先生たちが、近年騒いでいる郵便局をバラバラに分解して、もう一つの釜に入れようとする構図に、何か似ているように思えるのは、政治に対して意地の悪い私だけかもしれない。

肝心の魔法がかからないために、てんやわんや、魔法の使える主人待ちの状態で何かを待っているようでもあるし、垂れ流しの水をどの釜に入れようかと右往左往しているようにも聴ける。

緩徐な序奏に始まり、魔法使いの弟子はヴァイオリンで、箒はクラリネットで表されている。この二つの主題が繰り返されたり、錯綜したりして音響が展開され、洪水、激流となって流されたり、淀んだりして広大な交響詩として形成されていく。この曲は、乙に澄ました顔でコンサートホールの椅子にもたれて聴く音楽ではなく、映像があって一緒になって興奮し、楽しむ曲であるような気がする。

映像と音楽といえば、私たちはいくつかの、すばらしい映画を知っている。あのウオルト・ディズニーの映画『ファンタジア』のなかのこの曲の楽しさはまさに絶品だ。

そして以前、テレビコマーシャルでも、『魔法使いの弟子』の冒頭のあの不気味なメロディーと共にパソコンのデスクトップ画面から、いきなりニョキッと十本の指が現れ、キーボードを逆に、器用に打ち続けているパソコン宣伝のワン・ショットが異色であった。

こういう形でこの曲も広がっていくのかもしれない。とにかくこの曲の音の構成は見事である。

サラサーテを虜にしたジプシーの旋律

『ツィゴイネルワイゼン』はドイツ語で「ジプシーの旋律」を意味しており、サラサーテの国スペインにも多く住んでいたハンガリー・ジプシーの音楽から霊感を得た作品である。独特な哀愁と奔放な激しさが、サラサーテを虜にしたようである。この曲、音楽ファンなら誰もが一度は耳にした名曲である。

若かりし頃、私がはじめて聴いたのは、往年の名ヴァイオリン奏者エルマンのもので、当時の蓄音機と称するものから発するＳＰ盤はザーザー、パチパチと雑音が多くて耳をそばだてないと聴き取れなかったが、それでも興奮して聴いたせいか、意外に厚みがあり、臨場感もあったものだった。普通のオーディオ・システムでも格段に高度の演奏が聴ける現在、もちろんこの曲の人気は落ちていないと思う。

だが、今の私は、この曲自体の演奏より、作家・内田百閒の『サラサーテの盤』という短編小説を読んだのと、それを原作にして鈴木清順監督が描いた不思議な映画『ツィゴイネルワイゼン』の方が熱中と関心が高いような気がする。

この内田百閒の小説と、鈴木清順の映画は、サラサーテ自身が演奏した『ツィゴイネルワイゼン』の録音盤をめぐってのストーリーである。事実としてこの録音盤には、演奏の途中にサラサーテ自身の呟きが入っているそうだが、私は残念ながら直接には聴いていない。それより私は、この映画で演じている俳優たちのキャラクターとその演技に驚いたものだった。

一九〇四年の録音だというサラサーテの自作自演の録音による古いＳＰ盤の演奏とそれをめぐっての映像の派手さとは対照的であった。鈴木清順監督の美意識は、大谷直子の色気、大楠道代の妖艶さに加え、原田芳雄の快演、映画初出演という藤田敏八の飄々とした狂気さには、強烈で、そして夢のような幽玄世界を私に植え付けた。

私の名曲案内が思わぬ方向へ行きそうだが、このサラサーテの曲に対する私の印象は、古い録音盤の演奏と、小説と、そして映画というメディアの中に共通に流れている印象として何時までも消えないでいる。

なお、サラサーテにはほかにも珠玉のヴァイオリン曲がある。イツァーク・パールマン、ハイフェッツ、イブリー・ギトリス、レオニード・コーガンといった名ヴァイオリン奏者たちがそれぞれ弾いている『カルメン幻想曲』、『ハバネラ』、『アンダルシアのロマンス』といった優れた小品では、いずれもこのジプシー旋律が中心だが、いっしょに聴いてみると、サラサーテの名曲がいっそう理解できると思う。

『戦場のピアニスト』悲劇の戦争映画

『バラード（譚詩曲）』、『ノクターン（夜想曲）』は、ともにショパンによって新しい独特のピアノ音楽の境地を開拓した形式で、生涯ピアノ曲しか書かなかったショパンは、その分野では鍵盤の王者ともいわれた。

彼の音楽を聴くとき、私はいつも蒼白い銀の光のような、冷厳な詩を思い浮かべる。そして、さらにはポーランドという彼の故国に、死ぬまで思いをよせていた華麗ではあるが不運な憂国の士をイメージさせる。

以前、『戦場のピアニスト』（二〇〇三年公開）という映画が評判を呼んだ。幼少時をゲットーで過ごし、母親をユダヤ人収容所で亡くしたというロマン・ポランスキー監督の作品で、人間の素晴らしさと、戦争の愚かさを映像と音楽でとらえ語っている作品である。

イラク戦争を始めた直後のアメリカの映画界は、彼にアカデミー監督賞を与えている。原作はピアニストのシュピルマン回想録『ザ・ピアニスト』（佐藤耕一訳　春秋社）で、ショパンと同じポーランドを祖国にもつシュピルマンが、ナチの攻撃で廃墟と化したワルシャワ市内の隠れ家でショパン精神と同じ思いで弾くこのバラードは強烈な映像としてひきつける。第二次大戦中、ナチのユダヤ人迫害はまさに言語に絶していた。友人の機転から危うく収容所行きの貨物列車から逃れたシュピルマンは、ついに一人のドイツ将校にワルシャワの隠れ家で発見されてしまう。

「何か弾くように」と命令された彼は、ショパンを弾く。それは彼の最後の抵抗であったのか、それとも、ショパンへの熱い想いがそうさせたのかわからない。

しかし、ポーランドの英雄的存在であったショパンをナチス・ドイツ将校の目前で弾くことは〈死〉を意味することに外ならない。ショパンにとって祖国ポーランドは、聖地だった。

シュピルマンも同じこと。ショパンの美しいピアニズム（ピアノ作品の特徴）の底には、喜びや哀しみのほかに、生きようとする意志と勇気が働いていたからだった。

ドイツ将校は、シュピルマンの生命を賭けたバラード演奏に冷静な感動を得ていた。彼も音楽の意味を十分に理解できる人間、彼はシュピルマンに親近感を覚え、敵と味方の恩讐を越えて、ドイツ軍撤退の最後に、シュピルマンに食糧と、彼自身の将校外套を提供し、連合軍の到着までのかれの命を繋がせたのだ。

この映画で弾いた曲『バラード第一番』の美しさは、無限に慟哭させせる。厳冬と壊滅化した灰色の瓦礫のワルシャワの街、路地の廃墟をとおして、延々とこだますするピアノの響きは、旋律の華麗さというより、極限状態にいる人間の、また、民族の絞り出す怒号のようにも聞こえる。

バラードとは、もともとは十四、五世紀ごろの舞踏歌で、十八世紀頃になって叙事詩的になっている。ピアノによって繰り広げられる物語的、随想的なその響きはショパンが作り出した夢の幻想である。だが、戦争は幻想ではなかった。

第三章　旅と映画と文学エッセイを集めて

楽しかった「大都」映画

大都映画という会社の映画をご覧になっていた方は、今どのくらい居られるだろうか。恐らく昭和の一桁台以前生まれの方のみではないかと思われる。

この映画会社の前身である「河合商会」の発足は昭和二年（一九二七年）、河合徳三郎という奇人ともいわれた行動的な土建業者が巣鴨撮影所を買収して立ち上げたものだった。そして彼「河合」の生涯の殆どが大都映画のすべてだといわれている。さらに、彼は東京府議会議員として二期（八年）も務め、その間にも大都映画の躍進に貢献している。戦争という暗黒時代の最中にも、自己資金で積極的な映画制作を展開していた。しかし、太平洋戦争下（昭和十七年）、国は映画製作会社の統合を命令し、日活、新興キネマと大都の三社を合併させて「大日本映画製作株式会社」（大映）を誕生させた。この時点で大都映画は丸ごと事実上消滅することになるのだ。つまりは当時の軍事政権によって「潰された」のである。通算十五年、製作本数約千三百本という作品数は他の製作会社の本数と比べても引けをとらない数値であったのだ。

しかし、大都映画について書かれた本や資料などは少なく、様々の日本映画史関連書を紐解いても、通りいっぺんの記事しか書かれていないし、日本映画史上に残る名画は一本も無い。今で言うなら粗製乱造の作品を絶え間なく作っていたといわれても仕方ないと思われる。

設立時、社主の河合徳三郎は最初から「女給と工員と丁稚(でっち)や子守女たちに受ければいい」と名言している。日々の生活の貧困に耐えている人々を対象に、そして若い学生や月給取りが、小銭をかき集めては映画館に駆けつける、こうした階層の人々を癒やすために、映画のおもしろさを知ってくれればそれで良いのだ、という気持ちを絶えず抱いていたという。

昭和十年当時の映画館入場料は五十銭位が封切館での相場であったが、大都映画は三十銭。以下二番館、三番館で徐々に下がり、当時小学校だった私は「子供五銭」で毎週一回二本立てか三本立てで近所の場末の三番館で楽しんでいた。「この当時のことは拙著『モーツァルトの季節』(鶴書院・一九九九年)の中の「ガキ大将の涙」で描いた」

大都映画の昭和二年から昭和十七年の強制的な消滅までの十五年間は、私にとって正に幼年時代であり、かなりの映画作品に接している。だが、印象的な内容の忘れられない作品は残念ながら一本もない。しかし、低額料金で、なりふり構わず毎週のように奔出される作品は上質とはいえないまでも分かり易くて楽しく、続きを期待される内容のものが多かった。チャンバラ映画、化け物、探偵、冒険、スピード、笑劇映画と私の幼年から小学校卒業までの楽しみは、この大都映画の小屋(映画館)通いが、遊びの大部分であると思っている。

しかし、その劇映画の内容の記憶はほとんどなく、どの俳優がどんな活躍をしていたかがすべてであった気がする。今考えると、その通俗性、平易性だけが庶民の娯楽となっていた。しかし、会社消滅後の俳優たちの活躍は私にとっては目覚ましく、名前と顔は今でも至って鮮明に焼き付いている。

大都映画は創立以来一貫して、当時の軍主導体制の政府が推し進めようとした「戦意高揚」という御用映画より、「大衆娯楽作品」を製作理念としていて消滅まで変えなかった。しかし、当時の国策に頑強に抵抗したわけではなく、内容的には協力の姿勢はとったものの製作理念の通俗性は変えなかったことを窺わせる。

大都映画は河合映画ともいわれ、最初から芸術作品を作ることは念頭になかったし、荒唐無稽といわれても通俗映画製作がその狙いだったともいえる。

昭和十二年、河合徳三郎が他界した年、オールトーキー版による『忠臣蔵』を完成させた。大都映画としては珍しく封切り前の宣伝は凄まじかったことを記憶している。出演俳優も総動員で、戦後になっても活躍した俳優たちがかなりを占めていた。阿部九州男、海江田譲二、松山宗三郎、杉山昌三九、近衛十四郎、大乗寺八郎、という剣劇陣のほかに水島道太郎などの現代劇俳優も加わっていたように記憶している。

映画の醍醐味を知るようになったその後の私は、いまでも、当時消滅した「大都映画」のその後の動向にはかなりの関心があった気がする。そして戦後になってからの映画界各社の離合集散は華々しかった。そして大都映画出身の俳優たちの、主流ではないが下積みの役柄の出演に接すると懐かしさが湧いてきた。

群雄割拠時代の映画界で、それらに出演している俳優はもちろん、製作スタッフたちや監督、脚本家のルーツが大都映画で育ち、大都映画に貢献した、または関係していた人材がかなり多い。例えば大都映画で百本近い作品に出演した「松山宗三郎」は、監督「小崎政房」としても何本かの作品を手がけ、戦後の演劇界でも良質の作品を舞台に上げている。もともと彼はムーランルージュ新宿座出で、河合徳三郎が破格の待遇で彼を迎えたものだった。ほかにも、伴淳三郎がいたし、近衛十四郎は戦後も「月影兵庫」としてお茶の間の人気剣劇ドラマに出演している。会社消滅後の映画界にも多くの逸材を輩出していた根底に潜んでいたものは一体何であったのか、興味が湧くところである。

軍事主導の昭和初期における政治が、平和産業とも言える映画づくりに情熱を傾けていた企業体に対し、容赦なく抑圧を加えていた国家機関を、我々は忘れてはならないし、そして企画や表現にたいしての言語統制も戦後まで強化し続けていたことも忘れてはならないと思う。

いつの時代、どこの国の映画もそのときの「国策」という名の影響の下で殆どが製作されている。これは仕方ないことかもしれないが、大都映画の本領がどこにあったのかを探るなら、このときの社長以下全員が常に迸る（ほとばし）るようなエネルギーで映画作りに徹底した情熱を抱いていたからだろうと思う。

　幼年時代の私の情熱と行動の殆どは、絶え間なく作られていたこの大都映画の軽くても明るい映画づくりの姿勢に、影響を受けたと言っても過言ではないのかもしれない。

人生の飛躍的転機となった『ジャン・クリストフ』

書店の店頭には、きらびやかなカバーのついた新刊書の氾濫。だが私には、飛びつくようなものはあまりない現今。若者も見向きもしないで、マンガ本の方ばかりへ行くように見えてくる。見向きもしないのは若者だけではないのかもしれない。読む本がないということより、本を読む機会そのものがだんだん人間社会に、なくなってきているということかもしれない。テレビやマンガ本の画像は情報としての一形態ではあるが、あくまでも受け身であって、人間が思考することを遠ざけているような気がしてならない。

戦後の混乱期、私は軍国少年からの脱皮から文学青年を目指して「本」の虫になっていた。その貪欲さに加えて、幸か不幸か当時の出版界は、言論の自由を売り込み、空前の出版ブームとなっていた。そして、日本の教養主義の伝統のようなものも復活していた。だが、その教養主義なるものが私には今でもわからない。たとえば西田幾多郎の『善の研究』とか三木清の『人生論ノート』にしても、何回読み直してみてもよくわからない。なんとなく読み終わって、自分がどれだけ成長したのかさえわからないでいる。よく考えると、そこには本来の生身の人間が語られず、それが大きく欠落しているからだろうと思うのだ。「読みかけた本は面白いところで中断すべし。つまらないところで読みさすと、その本とは永遠の別れとなる」（外山滋比古『知的創造のヒント』）。こんな読書に対する名言が、当時の私の日課には大きく左右されていた。

この頃、日本映画に今井正監督『また逢う日まで』が上映されていた。これが私の生涯の転機だったといえるようになったのは、この原作者を知ってからだった。それは、ロマン・ロランの小説『ピエールとリュース』を原作に据え、水木洋子が脚色した純愛メロドラマだった。しかも立派に反戦のメッセージなども織り込み、見応えのあるものだった。戦争と生身の人間が見事に描かれていた。暗い戦争の時代を生きてきた私、そして軍国教育も受けている私にとって、このときの自分の青春に及ぼした衝撃は計り知れないほど新鮮であり、しかも本能的で甘美な歓びすら感じたものだった。

それからだった。ロマン・ロランの虜になった私は次々と作品を読破していった。日本人ではない外国の作家によって文学という計り知れない広大な世界と、人間にとっては欠かせない共通の人類愛なるものに触れた私は、作品を読み進むうちに、作品の主人公ジャン・クリストフのいう次の言葉に作者の偉大さを感じた。

「おのれの国家を栄光とする者は、至極の愚者である」

常に戦後の生活にあえいでいた私にとり、これは同じ次元での共感として満足感にひたった。

一度、本に魅せられてしまった人間は、その悦楽を終生忘れないものになるという。私はビデオやパソコンも本にはかなわないのではないかと思っている。

「思想もしくは力によって勝った人々を私は英雄と呼ばない。私が英雄と呼ぶのは心に拠って偉大であった人々だけである」、これは、ナポレオンの皇帝就任を怒って『英雄』の献呈をとり止めたベートーヴェンの言葉で、それに応えるように作者は次のように言う。

「親愛なるベートーベン！　あなたは悩み戦っている人々の最大最善の友である。世の悲惨さによって我々の心が悲しめられているときに、ベートーベンは我々の傍らへ来てくれる。愛するものを失って喪中のなかにいる一人の母親のピアノの前に座って何もいわずに、嘆きの歌を弾いて、泣いている婦人を慰めたように」

（ロマン・ロラン『ベートーベンの生涯』から）

ベートーヴェンを最も身近な、人間の居る所で、慈愛あふれた評価をした作家は、ロマン・ロランを除いてはおそらく居ないのではないかと思う。

しかし、どうしてもこの表題の「人生の飛躍的転機となったこの一冊」を挙げるなら、やはり私にとって人生の飛躍的な転機となったロマン・ロランの『ジャン・クリストフ』である。

埃をかぶった本棚の後ろから引き出した、豊島与志雄訳の全集のなかの三冊、このとき考えたことは、まぁ、よくこんな巨大な文量をこなしたものだと、われながら感心した思いだった。

音楽指揮者、演劇家そして文学を目指すジャン・クリストフの私生活は、自動車製造業の富豪の娘コレットにピアノを教えながらの僅少な収入のみ、だが、この典型的なパリジエンヌに彼は熱烈に愛されてしまう。ほかの青年とは違う女性に接するその無関心さが可憐な彼女をひきつけたのだ。だが一段と生活の苦境に陥り、屋根裏部屋に移った彼にはさらに病魔が襲う。熱の悪寒に震えながら、譫言（うわごと）をいいながら、のたうちまわり、空想のなかで一つのオーケストラを指揮し、また演奏スタイルを演じて過ごしていた毎日。だが自己への真実を第一の掟としている青年ジャン・クリストフは、世俗の一切の妥協を許さなかった。

　パリの芸術的、社会的虚偽を暴くことが、かれの文明論の展開であった。軽薄でしかも不潔なパリ。外形的装飾を身いっぱい着け、体裁ぶったパリの人間たち。彼の嫌悪はフランス音楽界から演劇界、そして文学界へと、突き進んでいった。

　こういう土壌の深い文明評論家はおそらく日本には居ないだろうと思う。ヨーロッパ大陸のフランス、ドイツを行き来しているクリストフの人生はまさに時代の波に翻弄されていく。だが、彼の生き方は一筋だった。

　彼は生涯でたった一人の薄幸の女性を得た。

交響楽的な大作『ジャン・クリストフ』のなかで第六巻の「アントアネット」は、アダージオともいうべき悲歌（エレジー）であり、いちばん解りやすく、万人の胸を搏ち、無量の慟哭が続く一章である。これは前章（四巻「反抗」と五巻「広場の市」）で現れる主人公クリストフの、社会活動の一端から職を失ってしまった貧しい田舎出の家庭教師の娘とその弟の物語である。

この六巻の「アントアネット」のはかない生涯と、後の大作『魅せられたる魂』の主人公「アンネット」を比較するには、この六巻の悲劇はあまりにも痛々しく宗教的でありすぎる。しかしながら、彼ロマン・ロランの代表作『魅せられたる魂』のイメージが既にこのなかで温床として彼の脳裡に芽生え、そして着々と刻み込まれているような気がするのだ。

ロマン・ロランはフランス・ブルゴーニュ生まれ、エコール・ノルマルで歴史学を学んだ俊才、その後パリ、イタリアと留学しているが、真髄は理想主義的ドイツ精神とされている。

いままでヨーロッパを全く知らずに過ごしてきた私が、日本を飛び越えたもっと広い社会、深い歴史の視野を持つようになるために、このような多くの輩出された文豪の言葉に思想的意味を持つものとして目に入れるようになったのはこの時からである。

「いかなる民族にもいかなる芸術にも、皆それぞれ虚構がある。世界は些少の真実と、多くの虚偽とで身を養っている。それらの虚偽は、各民族の精神に調和し、各民族によって異なっている。散人の天才のみがおのれの思想の自由な天地において、男らしい孤立の危機を幾度も経過した後に、それから解脱することができる」

ロマン・ロランのこの言葉が、どうしても忘れ得ぬ至言として脈打っているのだ。

夏目漱石『草枕』とグレン・グールド

バッハ演奏の名手と言われたグレン・グールド。カナダの個性的な演奏をする国際的ピアニストであり作曲家でもあった。『草枕』は日本の国民的な作家、夏目漱石の小説で、その代表的なものの一つ。この異様とも思える結びつきは一体何であったのか、今頃になって気づき、惹かれ、こだわり始めている。

一人の日本のクラシック音楽ファンでいながら、私はグレン・グールドの名はそれほど知悉していなかった。その理由とするものはレコードファン、ＣＤファンを自負していたが、あえて偏見を承知で、バッハの音楽については、ほとんど敬遠気味で関心度が低かったからであると思う。ＬＰレコードが全盛の頃、当時のＣＢＳ盤（現ソニー・クラシカル）から彼の録音のバッハ『ゴールドベルク変奏曲』が発売されたときの世界的反響が、日本でもかなり大きかったので、それとなく関心をいだいていたが、バッハを聴くことはあっても今のような感触で、この「ゴールドベルク」に接することはなかった。

そして二〇〇七年、グールド没後二十五年、生誕七十五周年だとして、東京のカナダ大使館では本国の要人、日本のグールドファン等で講演会や彼の伝記や演奏風景の上映会などを行っていたが気にとめてはいなかった。

グレン・グールドは一九五五年、二十二歳のときにはじめてバッハの『ゴールドベルク変奏曲』を録音し、レコード界に爆発的な人気を得、その鬼才振りが世界中に伝えられた。さらに亡くなる直前の一九八一年にも再録音をしている。この二枚は、どちらもクラシック録音の傑作盤として評価が高く、そして聴くものにとって、この二つの『ゴールドベルク変奏曲』の極端とも言える違いを感じる演奏に、戸惑いを感じていた。

だが、その間、二十七年の期間こそグールドの真の伝説的生涯の中味であって、演奏活動の真骨頂でもあったのだと思う。グールドは『ゴールドベルク変奏曲』にある種の永遠性を見出し、それを録音というテクノロジーを駆使して密度の高い理想的な演奏を目指していたといっても過言ではない。だが、本人が書いたデビュー盤のライナー・ノートにはこうある。

「要するにこれは、終わりも始まりもない、真のクライマックスも真の解決もない音楽、ボードレールの恋人たちのように、『気ままな風の翼にそっと休らっている』音楽なのである」と。

デビュー盤の速いテンポ（三八・二三分、これは私の所有するソニー盤による）は、モノラル盤のせいか、私には音量が無く、軽々と受け入れられた。この曲はアリアの主題に始まり、三十の変奏を経て、またアリアに戻るという構成で作られている。

グールドの生涯において、デビュー盤と生前最後のアルバムが、ともに『ゴールドベルク変奏曲』であったという事実。このことに象徴的、暗示的な意味がある気がする。なお、この曲最後の追悼盤の録音時間は「五一・一九分」となっていて、十三分もの差があるのも珍しい。

この曲の最後の録音前後に彼が書いた論文の一節にこんなことが書かれている。

「芸術とは、人の心に内なる燃焼を起こしてこそ意義が認められるのであって、おおやけに向けた浅薄な示威行為を導いても芸術の意義は認められないと信じるからだ。芸術の目的は、アドレナリンの瞬間的な分泌にあるのではなく、驚きと落ち着きの状態を、ゆっくりと、一生涯をかけて構築していくところにある。ラジオや蓄音機のおかげで、私たちは、美的ナルシシズムの諸要素を急速かつ適切に評価できるようになり、ある課題に目覚めつつある。それは、個々人がじっくり考えながら、それぞれの神性を創造するという課題である」

「神性」とは、ひとりひとりが美を探究する態度を指すことだと言い、要するにグールドは聴き手に音楽と一体になり、「驚きと落ち着きの状態」に達してほしいといっている。

デビュー盤のライナー・ノートとの違いが鮮明である気がする。

近年日本では「癒やしの音楽」と称して、各界からの音楽に対する没入と感情認識が論議され、人間の脳と血管の関連作用の研究論が医学や心理学、哲学の分野で研究されていることと、私見かもしれないが、何か因果があるような気がする。音楽ファンにとって、グレン・グールドという名は、別の演奏家と比べると、どこか刺激的であり哲学的雰囲気を与える。

偶然、あるTV映像で彼の演奏スタイルを垣間見たとき、あれがグールドだったのか、と私は今、思い起こしている。そこには、震えるような声を出しながら、肩や腕から指の先端まで全神経を集中させて、低い椅子でピアノに縋り付くように弾くその動態があり、ときには手の動きが踊りになったり、時には祈祷のような姿勢にもなったり、感情をむき出しにするタイプに私には見えた。

だが、グールドは、聴衆を前にしての舞台演奏は極端に嫌っていたようだった。批評家は、新聞や関係雑誌などで、演奏の素晴らしさを讃える反面、彼の演奏マナーの悪さには批判を下していた。これに抗してグールドは「拍手禁止演奏会」を提唱したが、今度は聴衆の支持が得られなかったようだった。そして、一九五九年、グールド二十七歳のとき、三十五歳までに充分な資金を蓄え、演奏会の舞台からの引退を決意し、作曲に専念するための準備をし始めそれを実行に移した。彼の後半生にはコンサート演奏はほとんどなかった。

バッハを弾いて、世界を驚嘆させたのは、その解釈のユニークさと、専らレコード制作によるスタジオ録音活動に専念した後半の人生、その個性的な主張と思想家的な生涯は、ほかに例が無かったからだと思う。

生前、滅多に他人を家に引き入れることのなかったトロントの自宅のベッドの傍らから、死の直後、二冊の本が見つかった。千五百冊の蔵書があったがこの二冊だけは手元にいつも置いてあったという。

両親から贈られた、何度も読み返してボロボロになった聖書、あとの一冊が、かなりの書き込みをしてあった夏目漱石の『草枕』の英訳本だったのだ。この『草枕』こそ、死に至るまでの十五年間、彼の生活から手放すことのなかった座右の書で、思想的、情操的、瞑想的な影響力はかなり大きかったと思うのだ。二回の『ゴールドベルク変奏曲』録音の演奏テンポの違いも、この影響がないとはいえないと思う。

穿った見方かもしれないが、このことから、とくに日本人は、この精力的な演奏活動をカナダ、アメリカそしてヨーロッパを駆け巡っていた高名なグレン・グールドと、日本の代表的な作家夏目漱石の著作との関係を知ることによって、グールドの演奏世界と、そして、クラシック音楽と日本人の人生観、死生観との結びつきがどのようなものであったか、大いに関心のあるところであろう。私自身を含めてこの大きな芸術家たちの生涯のそれぞれの軌跡を探究することに大きな興味と、学習の意気込みが湧いてくるのだ。

次の文章は、生前グールドが持っていたカナダの放送局の教養番組で、彼自身が朗読して、聴衆に聞かせた漱石の『草枕』の最初の一章である。こういう世界をグールドが私たち日本人と共有していたのかと思うと、驚きとともに、彼に対する畏敬の念と、同時に運命の同時性と親近性を感じている。


「山路を登りながら、こう考えた。

智に働けば角が立つ。情に棹させば流される。意地を通せば窮屈だ。とかくに人の世は住みにくい。

住みにくさが高じると、安いところへ引き越したくなる。どこへ越しても住みにくいと悟った時、詩が生まれて、画が出来る。

人の世を作ったものは神でもなければ鬼でもない。やはり向こう三軒両隣にちらちらするただの人である。ただの人が作った人の世が住みにくいからとて、越す国はあるまい。あれば人でなしの国へ行くばかりだ。（中略）

忽ち足の下で雲雀の声がし出した。谷を見下ろしたが、どこで鳴いているか影も形も見えぬ。ただ声だけが明らかに聞こえる。せっせと忙しく、絶え間なく鳴いている。方幾里の空気が一面に蚤に刺されて居たたまれないような気がする。あの鳥の鳴く音には瞬時の余裕もない。のどかな春の日を鳴き尽くし、鳴きあかし、また鳴き暮らさなければ気がすまんと見える。その上どこまでも登って行く、いつまでも登って行く。雲雀はきっと雲の中で死ぬに相違ない。登り詰めた揚げ句は、流れて雲に入って、漂うているうちに形は消えてなくなって、ただ声だけが空の裡に残るのかも知れない」（『草枕』岩波文庫版）※ルビは外しました——筆者

グールドが読んでいたのは英訳された『草枕』であり、アラン・ターニーという翻訳家による英題『三角の世界』という本からグールド自身が要約して再構成したものである。『三角の世界』（The Three Cornered World）とは、小説『草枕』第三章で漱石は「四角な世界から常識と名のつく、一角を摩滅して、三角のうちに住むのを芸術家（画家）と呼んでもよかろう」と述べていることからターニーが付した題名であるという。

小説『草枕』の主人公は画工であり、俗世界に疲れ、山の中の温泉宿に向かうというストーリーである。画家はそこで会う人、起こった出来事、感じた内容等のすべてを絵画のように見ようと決心する。情に巻き込まれない態度。小説の中では「非人情」というキーワードで反覆されて出てくる。自然天然は人情がない。見る人にもない。ただ美しいと思うだけである。人間も自然の一部として見ればやはり同じことではないだろうか。という主張である。

この「非人情」を英訳では「detachment」という語句を当てている。超然とか無関心という意で、ここでは「接触の断たれた状態」という意味に取れるのだ。実は、グールドも好んだ言葉であるといわれる。距離をもって、接触せず、対象に巻き込まれないような客観的な観察の必要性の説明とするなら、グレン・グールドの生涯も、そして彼の理想とする音楽に対する「神性」への創造理念もこれに尽きるように思えてくるのだ。

たぶん、グレン・グールドは『草枕』の書き出し「情に掉させば流される……」という非人情の思考に強い共感を得たような気がする。グールドがコンサートでの演奏活動を捨てて、録音活動に自己の芸術を託そうとしたのは、音楽の究極は、演奏芸術の抽象化であり、聴衆という人情からの解脱や回避を目指したことにあると、私は思っている。グールドの性格と演奏活動について私の知りえた範囲で要約するなら、彼は一人の芸術家として、客観的で感情に流されない「非人情」の世界に惹かれていったと思う。人付き合いが苦手であった彼が、漱石の「情に掉させば……」の非人情とか東洋的な南画の世俗を離れた静かな世界に興味を示したことは当然であるのかもしれない。漱石は『草枕』の中で「世俗を超越する」ことの必要性を述べている。芸術はこの世のものであって超越的な世界ではないとも言っている。

とにかく、グレン・グールドと漱石の出会いは実に興味深い。しかも『草枕』をトーマス・マンの代表作『魔の山』と比較しているのも興味のあるところである。

芭蕉が貫いた心の旅路――芸術こそ人生である

実生活や世間の動きよりも、芸術や文学を楽しむ生き方を第一に置き、現実生活の在り方を否定した松尾芭蕉は、三十七歳の時、妻子を持ち温かい家庭の中に、通俗の幸福を得るという道を捨てた。俗悪な俳諧師という稼業から生涯を家も財産も家庭もないという、しかし、文学と生活の一体化した真の俳諧道の自由だけはあるという旅の人生を選択したのだ。

芭蕉は武家の出であった。伊賀上野の藤堂家に仕えていたが、主君の良忠の急没によって将来の見通しを失い、出奔して浪人となり、京都に上京して俳諧の道に入った。その後、江戸に出た芭蕉は、日本橋付近の船町に宗匠として家を構える。だが当時の俳諧の主流だった談林俳諧に疑問を抱き、その冬、深川の「芭蕉庵」に転居し隠遁生活に入る。

談林俳諧とは、俳諧の世界の一派で、俗語を交えた連歌のような俳諧で庶民にも迎えられ流行していたが、形式的、理知的で、かつ規則的な面が強く押し出されていた。だが、松尾芭蕉の出現によって、俳諧は真に自己の内面を表現する文学として徐々に確立されていった。それは芭蕉が続けざまの旅の生活に入っていった時からであった。

芭蕉の旅は、伝統の中に全身を投入し、その中から自身の芸術を築き上げていくタイプのものだった。そこに詠み込まれた句は、座して閑吟する余興のような句でなく、旅にあって苦吟する修行や巡礼の句が大半を占めている。

単なる俳諧の旅日記ではなく、芭蕉の詩魂の軌跡といえるもので、高度な表現技法を駆使した芸術的に凝縮された文章表現である。

行く春や鳥啼き魚の目は泪

「これを旅の句の最初として出発したのだが、名残惜しさになかなか足が前に進まない。道の途中にみんな立ち並んで、私たちの後ろ姿が見えなくなるまでは、と見送っているようだった」。芭蕉自身はこう語っている。

弥生のあけぼの（三月）、江戸の桜の名所である上野・谷中に来られるのはいつになるだろう、という芭蕉の心境。

野ざらしを心に風のしむ身かな

旅で行き倒れになって白骨をさらすことがあってもと、覚悟して出立すると、ひとしお風が身に沁みてくるという意であるが、それが次の紀行文「笈の小文」になると諦念という情感が蘇ってくるようだ。

旅人と我が名よばれん初しぐれ

初しぐれに濡れながらも、旅人と呼ばれる身となって、これからも旅を続けたいという心境になる。過ぎ行く春の哀愁と、親しい人々との別離の情を、鳥や魚に託して象徴的に詠んだものである。芭蕉にとって旅はもはや、自我を離れ、客観視できるほどに、人生そのものになっていく。

そして、旅によって得た修行の中から得たものは、「不易流行」という芸術観となって発揮されていくものだった。

「不易」とは「変わらない」という意味で、俳諧の根本精神は永久に変わらない。しかし、世の移りとともに対象が変われば、当然変化するものであるとする。「流行」は変化する意で、「不易」と「流行」は相反する命題として、芭蕉の作品の至る所において止揚を遂げている。

芭蕉の紀行文の中で最もすぐれた作品と言われる『奥のほそ道』は、東北、北陸の旅を句を織り交ぜて記したものであり、弟子である「曾良」を伴って元禄二年三月江戸を出てから同年八月末大垣につき、伊勢へ出発するまでの紀行文である。そしてこの作品は、自然の描写よりも、旅で出逢った人間関係の描写の方に力を注いでいるようである。

旅に病んで夢は枯野をかけ巡る

旅先の大阪でにわかに病み、この句を詠んだ数日後、芭蕉は亡くなっている。死の床にあってみる夢の中で、芭蕉は枯野を駈け巡っているこの句。

一生を旅に生き、旅の中でわが身の風雅さと寂寥を詠みこんで、最後の生の場を「枯野」とした芭蕉の芸術観を、私たちはどう観たらいいのだろうか。ただ寂しいというだけではない。もっと激しい枯野であるはずである。

「枯野」は古くから季語として詩歌に詠われてきている。それは現実の風景であることを超えて、人の心や命を象徴する生き様として用いられている。そして俳諧を天命と考え、風雅一筋に生きた芭蕉は、旅先で出会った人々との心温まる交流や、美しい自然を五、七、五の短いフレーズに表した技法は見事に癒やしを与えてくれる。

ここで、旅に生きる芭蕉の伝記（略伝）を挟んでみる。

一六八四年、初めて真の俳諧道を求めて旅に出たのが四十一歳。以降、七年三か月間、俳諧の旅は通算四年三か月に及んだ。

「野ざらし紀行」の旅、「鹿島詣」の小旅行、「笈の小文」「更科紀行」の旅、「奥のほそ道」の旅、そして「幻住庵の記」「嵯峨日記」の紀行文がある。中でも「奥のほそ道」の旅は、芭蕉が大きく進化する契機を与えた。

折しも時代は、元禄文化の開花期（一六八八〜一七〇四年）を迎えていた。小説に井原西鶴が現れ、浄瑠璃に近松門左衛門がいて、俳諧の芭蕉とともに、近世文学の最盛期であった。そして時の権力者は将軍徳川綱吉の時である。

音楽家は「旅」によっても名曲を生んでいる

現代の各国の演奏家たちはみんな忙しい。海外の演奏会活動以外の、自国の大都市間のオーケストラ演奏旅行にも参加しなければならない。よく欧米から来日している指揮者は、「自宅にいるよりも飛行機の中にいる時間のほうが長い」と言う。このことから想像すると、まだ飛行機も鉄道もなかった十八世紀から十九世紀はどうだったのだろうか。

モーツァルト一家の大旅行はよく知られているところであり、ほとんどが乗合馬車といわれる貸し切りバスで、演奏会場やホテルの移動に利用していた。モーツァルトは五歳から父レオポルドに連れられ、ミュンヘン、ウィーン、パリそしてロンドン、さらにイタリア各地の市でも演奏会を開催して、多大の感銘を住民たちに与えていた。

モーツァルトは、生涯に二十七曲のピアノ協奏曲を残しているが、その一曲一曲に異なった魅力が溢れていて、聴き手にも次々に新しい曲想を植え付けてくるようである。不思議なことに副題の付けられた曲は第二十六番「戴冠式」のみで、全二十七曲は、バラエティーに富んだ技法ばかりでなく、後期に入るとトランペットやティンパニーも加えた大オーケストラになってくる。

このモーツァルトの溢れるばかりの曲想は、旅の好きな筆者にも大きな刺激を与えてくれる。

クラシック音楽の歴史は、せいぜい四百年未満しかなく、比べて京都の歴史は散策してみると、さらに古いもので、街並みの地勢や雰囲気は画一的でなく、様々な表情を持っていることが分かる。寺院などの建物の様式も一様でなく、場所の雰囲気も時代の変遷を感じさせる魅力を有していると思う。

何年か前、鴨川の河畔を散策していると、すれ違った若い男女の旅人の携帯から、モーツァルトの『ピアノ協奏曲第二十一番』の第二楽章が相手の遠慮がちな音でも耳に入ってきた。これは、立ち止まった私にとって、全く申し分のないモーツァルトと京都との出会いだと感じた。こんな束の間の情緒もモーツァルトの所為なのだろうか。

京都断想

京都観光で「嵐山」といえば、必ずといっていいほど誰もが訪れる所。

とくに、「渡月橋」付近の賑わいは年々エスカレートしているようで、旅館、レストラン、みやげ物店などが通りに軒をつらね、その通りをデラックスな観光バスや乗用車が、絶えず人波をかき分けるようにのろのろと走行している。大型観光バスには、黒一色の修学旅行生だったり、思い思いの服装の団体旅行者だったり。小旗を掲げた旅行社の添乗員が音頭を取り、忙しく離合集散させている。バスから降りた人々は、解散の合図があると、われ先にと、みやげ物店に吸い込まれていく。その一連の情景は、まるで嵐山を舞台として繰り広げられている蟻の集団演劇のように目まぐるしく動き回っていた。

この雑踏のような通りを何気なく歩いていると、店と店とにはさまれた路地の奥に、一瞬、わずかな隙間越しに、瀟洒な寺院の中門が覗かれた。人々は買い物に夢中になり、その中門には気づかないようだ。あるいは気づいてもほとんどの人が買い物に忙しいのか、す通りしている。

おそるおそるその中門に近づく。私も嵐山には数回訪れているが、不覚にもこのとき初めてこの寺院の存在を知ったのだった。

「三会院」と書かれた大きな額の掲げられているその中門をくぐった私は、眼前に広がる別世界に思わず吸い込まれてしまった。まずは見事な石庭である。

受付を通って、手にした案内書には、鮮明なカラー印刷で「臨川寺」と書かれていた。正面に「本堂」、左手に「書院」と、様式をつくした建物は、雄大とはいえないが威厳と風格を備えている。その建物に二方をはさまれた石庭を見つめていると、耳の奥から静寂の音が頭の芯に通じるように緊張感がよぎった。それは、あたかも周りの喧騒に対して、シーッと、口を指先で封じられ、荘厳な経文にでも語りかけられているようである。

清楚な感じの母と娘の二人連れが、書院の外廊下に腰を掛け、別世界を静かに眺めていた。そしてこのときの寺の参詣者は私とその母娘の二組だけだった。

「この石庭は、『禅の庭』の心を体して築かれたもので……、つつしみ跪いて、仏菩薩の説く法話をうかがおうとする様を表した枯山水の庭であります。」と案内書に書かれている通り、私はひとときであったが、禅の心に触れた気がしたものだったが、思いすごしだっただろうか。

嵐山、渡月橋という観光地のど真ん中にあってつつましく、しかも厳然と構えるこの石庭からはある種の冷酷さすらを感じた。

同時に京都の奥深さと周囲に迎合しない峻厳さを理解できたようだった。

ここで、何のてらいもない心意気を感じた私は、新しい旅の風情と心を掴んだ気がして、小さな満足に浸ったものだった。

浮いたかひょうたん、風の盆

最近、九月の声を聞くと気になり出すことがある。それはある地方の祭りのことである。鉄道地図を眺めると、富山から名古屋に向けて南下する高山線で四つ目に越中八尾と言う駅がある。この八尾町には、坂の町という別名があって、くの字なりの急な坂が、奥へ奥へと登りながらのびている。その坂の先にあるのがこの町の中心街である。つまり、山裾を這い上がった町が八尾である。八尾の町から遥か下方に、町の北側を流れる神通川の支流、井田川が光っている。その井田川までの急な崖の斜面を、石段のような家々の屋根が下がっている。

この八尾の町を作家、高橋治はこう言い表している。

「九月一日からの三日間のために、町が顔つきを変えはじめているせいだった。〝風の盆〟と呼びならわされた年に一度の行事が来る。
独特な音色を出す胡弓が加わった民謡越中おわら節を、人々はのびやかに歌い、歌に合わせてゆるやかな振りの踊りを舞う。養蚕や漆器で栄えたこともあったが、今の八尾には産業らしい産業もなく、普段はひっそりと息をひそめた町である。ただ、年に三日だけ、別の町になってしまったような興奮が来る。そして、町の誰もがその三日間をみつめて生きている。」

（高橋治『風の盆恋歌』より抜粋）

最初にこの町を知ったのは確か五、六年前である。団体バス旅行の途中に寄った観光地がこのおわら節の越中八尾だった。予備知識のないまま、はじめてこの「風の盆」に接したときは、それこそ曖昧模糊としていて、何が始まるのか見当もつけられなかった。
このときは、どこにでもある地域の風習を盛ったお祭り程度としか考えていなかったし、町の中に入っても、祭りに付き物の喧噪を極めた騒ぎもなく、何とかショウのように人を呼びこむための企画性も見出せず、賑わいすら感じなかった。しかし、はただの静かさではなく人々は何かに向けて気が急いているようだった。

夕から宵にかけて、何時から始まるという呼び込みも予告もないまま、毎年増えていく観光客のために仕方なく設けられたような野外の演舞場「屋外おわら競演会場」に、つめかけた旅人のなかの見物人の一人になって、漫然とその仮設のような舞台を眺めていた。だが、今までにない異様な雰囲気に徐々に包まれていった。

舞台で演じられるものは、歌に合わせた踊りである。伴奏は三味線と胡弓、踊り手は編み笠を目深にかぶった老若男女、それは、観客の感情に訴える悲しいものでもなければ、劇のような筋の展開で緊張するものでもなかった。さらにスターらしき者が一人もいない。見る人たちは舞台を思い思い眺めていた。それは締まりのない散漫なショウに思えるのだが、人々はその散漫さを楽しんでいるようだ。ここの見物人の中には日頃から見知った踊り手を名指しで、去年より手さばきが良くなったとか、去年見たときの親のほうが良かったとか言いながら、ときおり、振りに合わせて体を動かそうとしたり、小声で歌おうとしたり、さまざまなポーズを見せて楽しんでいた。舞台の奥はまる見えで、踊り手が出入りし易いようにいくつもの足場が組まれ、明るさを保持するため裸電球が一列に並べて吊ってある。舞台装置はただそれだけ。見物人の足元の暗さを配慮してか、紅白の提灯や独特の雪洞(ぼんぼり)が舞台の輪郭に沿ってやや離れた距離から周囲を照らしている。

踊りの伴奏のテンポはすごくのろい。決してリズミカルな曲とはいえない。人間が散歩でもするような足運びで足を引きずるような速度である。ゆるやかなテンポにのり、手をのばし、体を反らせる。倍速のテンポで急に速い振りに変わったりする。そして突然、体を上に伸ばし、大地を踏みつけるようなポーズを取り、そして静止して見せていた。この部分はほとんどが手足の長い男性であり、止まった姿は様になっている。動きと静止との一連の繰り返しがこの踊りの基調になっているようだ。踊り手の足元を見る。原則として、男は黒い緒、女は赤い緒の藁草履である。踊りをリズムに乗せ足を力一杯下ろしても音は出さないのだ。スペインのフラメンコやタップ・ダンスとはまったく対照的であるのが面白い。

そして、この踊りは、動きの美しさより、静止したときの線の美しさを見せるのだ。ほかの地方民謡の踊りでもそうだが、このおわら節も単純な農作業の身振りを取り入れたものだが、笠で深く顔を隠した踊り手たちは、それぞれに素朴な動作の繰り返しでありながら、かなり個性的な踊りを目ざしている。だがそれは、奇をてらうような人の目を意識したものではなかった。

　舞台に誰もいなくなっても見物者は急には散らない。拍手や歓声などは、パラパラで、無いに等しく、観客は思い思いの仕草でいま舞台で演じていた動作を回想しながらその仕草を反芻している。

　これで風の盆はおしまいなのかと観客の一人に聞いてみる。「とんでもない」という。それによれば、このステージ上のおわらを見るだけでは、風の盆の魅力は半分もないそうだ。舞台中心の踊りは二日間だけで、最後の三日目が本番だという。この三日目が八尾の町民のものであり、真の風の盆の姿であるというのだ。

　三日目は観光客目当ての店も屋台も、畳み始める。この日は何のスケジュールもないから、何時まで歌おうが踊ろうが自分の勝手である。人に見せるための賑やかさはなくなる代わり、気の合った仲間や、踊りや歌の研究者たちが町並みへ流しにくりこむのだ。その夜流しは、歌自慢、演奏自慢の人たちのものなのだ。

本当におわらが好き、風の盆が好きという客や見物の住民がその夜流しのうしろを終日追いつづけ、歌の巧者、弾きの巧者の演技を耳を澄まして聞くという形なのだ。

夜流しの場合には、町なかの道という道が長い帯のような舞台になる。男衆、女衆それぞれの群舞が流れるように道筋を浮かれてやってくるのだ。

少し高い位置で、しばらく目を細めてみていると、踊りの一団があたかも空中に浮いて、流されているように見えてくる。その群舞が音を殺して進んでくる様は不気味でもあり、凄みも漂ってくるのだ。

諏訪町という長い登り坂のつづく町がある。下から見れば奥に向かって道が登っている感じ。この町では道の両側の雪洞以外の明かりをほとんど消してしまう。だから航空機が滑走路に着陸する寸前のように、道の両側の雪洞の灯が二列になって坂の勾配どおりに向かって流れていくような感じである。その照明効果は幻想的である。その滑走路のような坂道を、浮くような、流れるような踊りがヒタヒタと進む光景は、もう幽玄の世界としか言いようがない。これを見なくては本当の風の盆を見たとはいえないという一住民の言葉は価千金(あたい)である。

十一もあるという町がそれぞれに自分たちの時間に合わせて夜流しをする。そして陶酔の境地に浸るのだ。

男の踊り手の一人を捕まえて、いつ終わるのか聞いてみる。相手は「なにしろスケジュールなしだから、やってみなくてはわからない」という。

そしてそれが三味線と胡弓と歌で静かに朝まで続く。そして光の具合が太陽の光かな、と感じる頃、「ああ、やっと終わったなあ。また来年やなあ！」。

踊り明かした夜が白々と明ける五時前、やっと最後の歌が出る。踊りもそれなりに一段と締まってくる。

浮いたか瓢箪　軽そに流るる
行き先知らねど　あの身になりたや

いつも祭りの最後に歌われるこの曲、こんな繊細な感覚で浮かれている町の人たちの歌は、誰が、いつ、どんなときに作ったのだろうか。八尾の人たちの生きがいが、しっかりと歌い込まれている気がする。

　この風の盆という呼び方が、いつどうして作られたものであるかは町の人にもわからない。九月一日から始まるということから、「風」は二百十日の風であろうことはまちがいない。そして歌の文句や踊りの所作を見ていると、農作業の農夫の動作が多く型に取り入られている。そしてこれが風を静めるための祈願なのか、豊作を祝う奉納の神事なのか、仏事と関連しているものなのかよくわからないのだ。「祭り」という名称も使っているが、祭りにしては静かで、いたって地味な要素が多い。若者が酒の勢いを借りて騒ぎ立てるなどのこともない。

　町には、若宮八幡宮があり、諏訪神社もある。寺も専能寺や聞名寺などがあり、八尾の町はこの聞名寺の門前町として栄えたというわれもある。

　しかし風の盆のこの三日間でも、ここの神社や寺としての特有の祭事はみられず、人の集まる広い境内を提供して踊りの練習やら、踊り手たちの集合場所として利用しているだけにすぎず、ここで夜流しの準備や点検が始められていくのだ。

　仏事でも神事でもないこの行事が、なぜ、八尾の町が一丸となって伝統として継承されていくのか不思議でならない。いまでも町民の生活基盤は一年を通してわずか三日間の風の盆のために生き、このことを支えにして生活を営んでいるとしか言い様がない。

今年の風の盆が終わった翌日には、もう来年のことを考え準備するというのだから驚く。風の盆以外の日々の八尾町とはいったい何なのだろうか。

やれやれと風の盆の終わった日、はからずも私の誕生日、私の皺も年輪として一つ増えるのだ。

毎年、風の盆が気にかかるのは、私の誕生日のせいだろうかなどと関係のないことを考えたりする。

鎌倉への執着

横浜に転居してからもう二十年にもなる。鎌倉が近くなり、路線バスと電車で四十分ほどで行けるようになった。鎌倉への関心がとみに強まってきたのは、やはり足が良くなったからだろうと思う。

とくに季節が冬から春へと向かい始めると、自然界の色は日毎に豊かになり、樹木の若葉は陽の当たっているとき、陰っているときとで色の映え方ががらりと変わる。そうなると私はいつの間にか旅気分になり、散歩と称して度々鎌倉へと足を向ける。

鎌倉へ出かける前には、今日はあれを見たい、その場所へ行きたいと心にとめて出発するのだが、終わってみれば肝心の場所を見忘れていたり、それに接してもそれほど心に刻まれず、ごくささやかな事物だけに興味や関心が残ることも多い。鎌倉からの帰りには

「また次回あるから……」という気なぐさめがいつもあるからだろうと思う。

　キザな言い方かもしれないが、鎌倉には、「滅んだものの中にひとときの永遠」が感じられる。それはここの街並みと道端に咲く草花に象徴されているように思えてならない。

　街筋の要所々々に設けられている「寺巡りコース」の標識板に沿って歩いて行くと、人家の生け垣越しに、黄水仙や寒菊が片隅に姿を寄せ合って目立たないように咲いているのが見える。

　そして角を曲がったとたん、紅梅やヤブツバキがニョキッと目の前に現れたりすると思わず足が止まる。白もくれんが、まだ寒い冬空を見上げるように咲き誇っている裏道も、人の生活の匂いがしてくる。

　鎌倉が四季の草花に恵まれているのは、それを育てる寺院が多く散在することと、ここの住人たちが丹精した庭をもち、草花を無理なく大切に育てているからだろう。山肌が境内や庭のすぐ背後に迫っていても、一線で仕切るわけではなく、うまく融合させて、一つの見せ場を自然に造りあげている。

　梅に始まって桜、そして海棠へと正確に移っていく四季の花に従うように、私の四季感もいつの間にか鎌倉の自然がその尺度になっている。鎌倉は三浦半島の付け根にあって、山を背景にし、前方には遠浅の海が広がっている。ここはわが国で最初に武家政治の中心地になったところで、そのころ武士の間で「いざ、鎌倉」などとよく言われていたようだ。

この言葉は、謡曲「鉢の木」の中で吟じられ、当時の武士階級の澄み切った倫理感や生活感情などが謡い込まれている。浅学にして私はまだこの曲の全部を聴く機会はないが、街なかの瀟洒な庭を配した古式な建築様式の家並みなどに接すると、このことが漂ってくるようにも感じられる。

源頼朝がここに幕府を置いてからその滅亡までの約百五十年間、鎌倉から緊急指令が発せられるや、山村に住む武士たちは一斉に行動を起こした。その指令の是非や損得など念頭にない武士たちは、ためらわず主君のもとに馳せ参じたのだ。かれらは潔さを殊更に愛し、自分の家とおのれの一身を主君に捧げ、名を汚すまいとして懸命だった。武士とはいえ、京の公家たちからみればただの庶民にすぎず、この時代になるまでは農民と同様公家たちに抑圧されていただけの、いわば働く道具だった。

平安時代は詩歌によって輝かしい時代だった。『源氏物語』や『枕草子』といった文学作品はこの時代を代表するものとして後世の私たちを楽しませてくれている。

だが、当時の武士、農民やいわゆる庶民の精神像がどんなものであったかはこの作品からは少しも表れていない。

鎌倉は、武士の府らしく質素な首都であったことがうかがえる。

鎌倉で巨大建物といえば鶴岡八幡宮くらいで、点在するいくつかの谷間（やつ又はやちと呼んでいる）に、御家人屋敷と庶民の家が混在し、源頼朝の時代を経て北条執権家に移った鎌倉幕府の北条屋敷も、華美なものではなく防備力についても決して堅牢な備えではなかったようだ。鎌倉を散策していると、小さな山や丘などの土を削り取った「切り通し」によく出会う。その昔、武士たちが戦いのために一目散に走り抜けたであろうその間道をすぎると、そこには武者たちの精神の糧となった禅寺の境内が四季の花の彩りをそえて姿を現し、往時をしのばせてくれる。歴史上、あれほど天下に威容を誇った幕府の地鎌倉は、私には、「堂々に」とか「いかめしく」とかいう威厳に満ちた形容はあまりにも程遠い感じにうけとられた。

人通りのあまりない道筋に、ふと見つけた古いお堂が、心にしみこんでくる。

とりわけ人生の盛りを過ぎ、やり直しのきかない歳になったせいか、四季の風物の変化が、毎年の新発見になっている。

古来「旅と人生とは一対の主題である」というテーゼをなぞると、私の鎌倉散策は、人生路という旅への一里塚とも言えそうだ。

そして、鎌倉ほどひとり歩きの似合った、歩くほどに心が染まっていくところは他にないだろうと思う。

カメラと歩く鎌倉路

私の鎌倉散策は、たいてい北鎌倉から出発している。とくに理由はないが、総武・横須賀線の北鎌倉駅で降りると円覚寺がすぐ目の前だから気がそそられるのだ。

初めてここ鎌倉の地を訪れたときの印象は忘れられない。

線路脇に、はっと身構えるような総門が見上げられ、いきなり緊張感が体内を走る。すぐにカメラを構え、シャッターを切る準備はするものの二の足を踏む。この奥にいったいどんな物が控えているのだろうかという期待が溢れてくるからである。この威容に圧倒された私の気持ちがいっそう鎌倉路への出発を駆り立てるのだ。

受付で拝観料を払い、中に入る。石段の上にどっしりと大きな山門が迫る。その造りは二層を形作り、高度な堅牢さと古さを誇示した重量感溢れた構築物である。この山門の周辺は、この寺の代表的な景観で、春は桜の開花、秋は紅葉の満艦飾と、多くのカメラマニアが訪れる所。三脚を構え、山門と樹木とのアングルや明暗を構図としていかに捉えるかに苦心をかさねて移動をくり返している姿をよく見かける。

私も春に秋に、この場所に魅せられ、何回もシャッターを切っているが、いまだに満足するほどの写真になっていないのが悔しい。やはり、実景にはかなわない。

山門の奥には仏殿がある。ここは昭和三十年代の再建で、コンクリート造りではあるが様式は古く、これからの時の経過でその味わいは増していくものと思われる。この中には釈迦如来が安置されているが、一般の人には見ることはできない。

この寺は鎌倉、室町時代の日本の禅宗界の中心的勢力の本拠であったようだ。およそ七百年以上も前の一二八二年（弘安五年）のこと、わが国を蒙古軍の二回にわたる大侵略から防衛した時の執権北条時宗は、その戦いに殉じた敵味方数十万の菩提を弔い、自分の精神的バックボーンとなっていた禅を広めたいという願いも含めて円覚寺の建立を思い立ったとされている。

交通の便にも恵まれ、境内は静かな環境と豊富な彩りによる草花の保護で、失いかけている自然を取り戻してくれ、座禅の会や「禅」の講習会などで親しまれ、訪れる私たちに心の安らぎを与えてくれる。

案内書によると、このほかに「居士林」という坐禅道場や、書院、舎利殿、「白鹿洞」という白鹿が現れたというほら穴をはじめ、「黄梅院」の瀟洒な庭園、さらに鎌倉時代の代表的な「洪鐘（おおがね）」は国宝とされている。そして無気味な静けさの「妙香池」などが配置されている。

舎利殿へ通じる道から見下ろした妙香池の水面に、四季を通して映し出される樹木の形と影。浅い黄色から始まって深紅に至るまでの紅葉（もみじ）の色彩の変化は見事である。晴天の日、ここの撮影にもカメラマンには見逃せない所。黙って立っていると、何か宗教的な雰囲気がただよって来る。

円覚寺は鎌倉五山の第二位で、ここからさらに鎌倉街道を下った第一位の建長寺とならぶ臨済宗の寺院で、壮大な規模と風格は、数ある鎌倉古寺の中でも代表格といえる。

この寺を含む全体を「瑞鹿山」といい、ここ鎌倉の臨済宗の山内には、これから訪れようとする浄智寺、東慶寺、瑞泉寺がその山下にあるということが案内書に記されている。

円覚寺総門のすぐ前の道を線路沿いに左へ進む。やがて踏切に当たる手前、アジサイ寺で有名な明月院へ折れる道にぶつかる。しかし、そのまえに鎌倉街道沿いにある東慶寺と浄智寺のほうが近いし、ここを見逃すわけにはいかない。東慶寺は、男子禁制、女人救済の駆け込み寺・縁切り寺として知られる。この寺は、円覚寺を創設した北条時宗の妻・覚山尼によって創建された格式高い尼寺である。

明治となり、縁切寺法は廃止。今は釈宗演禅師を中興開山とする男僧寺になっている。宗演はスリランカに留学、渡米を繰り返し、弟子の哲学者鈴木大拙博士と共に禅の世界的発展の基礎をきずいた名僧である。

宗演の遺志を継いだ大拙は、寺の裏山に松ケ岡文庫を創立した。境内奥の墓地には、岩波茂雄、西田幾太郎、高見順、和辻哲郎などの墓があり、その墓めぐりなどにも訪れる人がいるという。

境内は梅がすばらしく、続いて、もくれん、桃、ボタン、菖蒲、あじさい、と花は尽きない。秋のハギも見逃せない情緒をたたえる。

東慶寺の先を百メートルも行かぬうちに古色な浄智寺の入り口にぶつかる。甘露の井戸と小さな石橋、そして小さな山門と、ムード満点と言えるそのアプローチ、私はここでも一瞬二の足を踏んでしまった。

山門をくぐるとはるか向こうの鐘楼門めざして、古びた石段が続いている。人に踏まれ角がすり減って丸くなり、高低がやや定まらないような石の波が木立の中を思い切り伸びている感じ。この辺りの情緒は、この寺が歳月の重みに耐えるというより、鎌倉の歴史の移ろいをそのまま素直に受け入れている姿を見せているというべきだろう。

中国風の楼門をくぐると、曇華殿という仏殿があり、阿弥陀、釈迦、弥勒と並び、過去、現在、未来を示しているという解説書。

矢印にしたがって境内を散策する。豪華な花の群落はないが、目立たぬところに咲いている花の美しさがこの寺にはある。

仏殿の裏側を回った墓地付近は竹林が繁茂しているが、さほど広くはない。

寺の脇を登る道は葛原ヶ岡に通ずる山道。これが天柱峰ハイキングコースである。かなりの勾配のある細かい石ころ道を少し息を切らせて登りつめると、「天柱峰」と刻んだ石碑の立っている頂上に行き着く。それまでの樹木が切れて、急に視界が開ける。そこが葛原ヶ岡公園で、建武の中興のさきがけとなった日野俊基を祀る神社が突然目に入る。温暖の日などに、この公園の草原に仰向けになり青空を眺めて一休みするのもよい。

葛原ヶ岡公園を横切ると、道が三方に分かれる。どの道を選ぶか迷う。標識によると、右手へ行くと大仏切通りへのハイキングコースになり、真ん中は銭洗弁天への道、そして左は源氏山公園に行く道に通じるのだ。

私の鎌倉案内

義経伝説を探る

「江ノ電」は藤沢から鎌倉へと向かう。藤沢～江ノ島間は藤沢市になっているが、腰越駅は鎌倉市に入ってからの最初の駅だ。電車はこの駅の手前まで道路の上を走る路面電車になる。狭い商店街を通り、車道人道の区分もなく、単線レールである。走っている電車の窓から商店からの焼き魚のにおいなどが入ってくる。腰越駅はホームが短く車輌一輌のドアーは閉まったまま停車する。すぐそばには「義経腰越状旧跡・満福寺」の石標が立っている。その石標の方向指示に従って歩くと線路と隣り合わせに、色とりどりの旗がなびく「満福寺」に到達する。

平家討伐の戦勝報告で鎌倉入りを目ざした義経は、頼朝の不興を買い、この腰越で足止めを食らう。一歩も鎌倉にはいれぬ、という頼朝の意地。だが、義経は鎌倉に来れば、何とかなる。頼朝に会って話しあえば許して貰えると思うのだが、その期待は完全に裏切られてしまう。足止めを食らった義経は、自分の業績や、全心情やらを懸命に弁明し、書状にする。いわゆる「腰越状」という弁明書は此処で書き、御家人の一人に託した。この弁明書の内容を現代語に訳したものを引用する。

「恐れながら申し上げます。私は鎌倉殿の御代官として、勅命をうけ朝敵を滅ぼし、かつて父が平家に敗れた恥を雪ぎました。当然お誉めいただけるものと思っておりましたのに、根も葉もない讒言にあって悲しみの涙にくれております。その上、鎌倉に入れて頂けないようでは、申し開きもできません。これでは骨肉の間の愛情がないも同然ではありませんか。こんなとき頼りにすべき父はすでになく、哀れんでくれる人は一人もおりません。

私は幼いとき父に死別し、母の懐ろに抱かれてやっと命をつなぎ、以来一日として心安らかに日を送ったことがありません。時には諸国をさすらい、土民、百姓にこきつかわれることさえありました。いま幸いに機熟し、義仲や平家を滅ぼすために、命をかけて戦い、ここに勝利を得ることができましたが、これというのも亡き父上のお恨みを晴らすため以外の何者でもなく、他に一切の野心もありません。

また、このたび朝廷から五位の尉に任命されましたが、これもまさに当家の名誉だと思ってお受けした次第であります。

さきに私は神にかけて野心のない旨、起請文を出しましたが、それでもお許しがありません。なにとぞ貴殿からも兄上によろしくおとりなしを。」

（永井路子・著『つわものの賦』文春文庫より）

この書状を読むと、義経という人物の全容がわかる気がする。頼朝の目ざした東国武士団の理念と、義経の抱いていた源氏の武士の生き方の相違が、相当違うことがわかる。義経の主張は、父（義朝）が平家に敗れ、その恥を雪ぐために戦った平家討滅は父の仇討ちである、同時に勅命によって朝敵を討ったのだから朝廷からの恩賞、叙勲は当然であり、これは源氏の名誉挽回だという。だが、頼朝が怒っているのは、義経の一連の行動であり、しかも頼朝が一番嫌っているのは朝廷や公家からの恩賞や官位であり、幕府という組織をないがしろにした無断任官だ。その意味を理解せず、嬉々として受けているその感覚を問題にしているので、単なる兄弟喧嘩ではない。東国武士団の長にある立場の人間として、その組織を基本からくずそうとした者は、たとえ身内であろうとも、許されるものではないと頼朝は断じている。

今様に解釈するならば、これは組織管理の原則の違反であり、当時の掟(おきて)としてみた場合でも、この頼朝の処置は妥当だと思うのだ。現代の組織人が見たとき、この時代の、この動乱の中で、しっかりとした一本の管理の原則を通そうとしていたこと。こんな思考で、武士政権が歩んでいたことに、管理と恩恵といった視点から考えたとき、現代の社会にも通じるような捨てがたい教訓が、この時代の歴史や政治の中にたくさん秘められている気がする。

＊

鎌倉の歴史には頼朝、義経兄弟のエピソードが色濃い伝説として数多く残されている。とくに、「判官びいき」や、悲劇の英雄となった源義経の人気は、数多くの逸話を生み出している。後の世の大衆は、義経が殺されるのにしのびがたく、ジンギスカンにも仕立てあげているし、一部の歴史学者に、義経は頼朝の弟ではないという説までうちだされている。

それというのも、源義経はすべてにおいて兄・頼朝とは、あい対する存在であったからだ。義経は兄頼朝のような政治的理念などなく、頼朝とは別の、武士としての理想世界を歩んでいたといえるのだ。

平家を討ち滅ぼしたその華々しい戦勝報告のために、京にのぼった義経は京の人々の人気を得、それこそスター誕生のような旋風を巻き起こした。義経は後白河法皇をはじめとする朝廷や公家たちの称賛と甘言に合い、数々の恩賞と官位を受け、みずからも朝廷の序列を期待するようになっていった。そして、兄頼朝の理想や信念とは全く相容れない西側の存在となっていく。これがまず、東国武士の自治権確立を目標とする頼朝とは全く異なった存在となっていく兆しだった。

それでも、当の義経は、頼朝に対し「兄者の目は確かに奸人のために曇っている。しかしその愛情までが曇っているとは思えない。そのことは弟である私だけがわかっている」などと、身内としての感情を示すだけで、頼朝の理想などは理解できず、ましてや自分の頼朝に対する謀反という最も論理的な世界のことなどについては関心もなく、頼朝から非難をうけることの意味や理由はもちろん、自分の置かれた立場とか周囲の政治的情勢などの背景には全く無理解で話にもならなかった。

この時代、西国京都で、鎌倉政権に対し、すさまじい敵がい心を抱いていた策略家後白河法皇は、いろいろな官位、恩賞を義経に与えていた。その官位攻めに無邪気に歓喜している義経を懐柔し、最大限に利用して二人の離反を謀り、幕府に横槍を入れていた。

頼朝はこんな義経に対し「とうていあの男はわれわれの敵になってしまった」という態度をこの時はっきりとったのだった。

源義経は、源九郎義経といわれ、絶世の美人といわれた常磐御前（ときわごぜん）と源義朝の間に生まれた三人目の子であり頼朝とは母親の違う兄弟である。

われわれ戦前生まれの世代が、幼いときから馴染んでいた源義経とは、牛若丸時代の生い立ちや、一ノ谷、屋島の合戦、そして壇ノ浦での平家滅亡の立て役者に見られるように歴史上の、輝かしい人物像であり、親しみにあふれた悲劇の英雄であった。だが、その分だけ兄頼朝の非情さとして、跳ね返されていたのだ。

義経は、軍事的にはまれにみる天才であったが、哀れなほど政治感覚はなく、同じ源氏の身内とはいえ、兄頼朝の築いた鎌倉幕府の偉業にとっては、毒物以外の何物でもなかったという判定を歴史はくだしている。

結局、義経は追放され、奥州で殺害されてしまうのだ。二人を取り巻く人物の多様さと、歴史の展開は、息を飲むほどに面白い。だが、見方によっては、義経は、知らず知らずのうちに、頼朝の術中にはまり、その犠牲となって幕府誕生に貢献したともいえる。

義経の功罪の第一は、後世の語り草になるほど、まれに見る見事な戦術によって平家滅亡に寄与したことであり、すぐ上の兄である範頼の軍が平家の軍にさんざんに手こずっていたのを、わずか二ヶ月で討伐してしまったことである。第二は、鎌倉幕府に対してどんな功績があっても、朝廷からの恩賞や地位などは認めない、たとえ、身内であろうとも、それは鎌倉殿（頼朝）が認めることであり、それに違反すれば追放になるという見せしめ役を知らず知らずのうちに演じていたこと。第三は、全国的に幕府の追及から逃げ回ったことである。追放された罪人・義経を討つための理由として、頼朝は、日本国総追捕使（ついぶし）、総地頭の地位を朝廷に認めさせ、全国の警察軍の司令官として、地方の役人の任免、食料調達の権限を得たこと。義経は皮肉にも、兄・頼朝の業績に貢献し、征夷大将軍の地位をも与えることになった。第四に、義経は奥州平泉に逃げ込んだことである。これで奥州に絶対的な権力を握っている藤原氏を討つ口実ができ、天下統一の基礎を打ち立てる口実と地固めを頼朝につくらせたことになった。

こうしてみると、後世の「判官びいき」という言葉も、ただ悲劇的英雄、判官源義経に同情する感情だけではなく、日本の歴史にとって、義経の存在が、「朝廷と幕府」という東西の政治的観点からみて、決して消え去ってはならない功罪がいくつもあったことが認識されるのだ。

実朝悲歌

うすら寒い初冬の、今にも雨が落ちてきそうな曇天のある日、鎌倉駅からそう遠くないところにある寿福寺に行き着いた。由緒ある鎌倉五山の中でも最古の歴史をもった寺院である。

暗い雰囲気をもったこの寺の裏山の石段を登り詰めたところに、頼朝夫人・北条政子と、その次男・源実朝の墓が、苔むしたやぐらといわれている洞窟の入り口を思わせる暗い墓穴に、小さな石ころを載せたような五輪塔として安置されていた。その五輪塔、かつての将軍の墓としての面影は片鱗すらなく、荒涼とした気配と、あたかも他界への入り口のような不気味さに、私はしばし凝然と立ちすくんでしまった。そしてその場所から立ちこめるひやりとする霊気は、いくつもの悲劇的なドラマを結びつけるのにふさわしい殺気を帯びていた。

頼朝という巨木が倒れたあと、鎌倉幕府は、陰謀と暗殺との本拠のような観を呈しはじめた。御家人・梶原景時から始まり、頼朝の弟・義経のすぐ上の兄である阿野全成、そして頼朝の長男・頼家とその子一幡。比企能員、畠山重忠、平賀朝雅、和田義盛と、まるで順番を待つように次々と殺されていった。それらは皆、北条一族にとっては厄介者であった。とくに二代将軍・頼家は追い出されたあと殺され、三代将軍になったのが、その弟の実朝である。このとき実朝は八歳であった。千幡という幼名がつけられ、北条政子の妹にあたる阿波の局が乳母となっていた。

実朝は影の薄い将軍であった。十二歳で征夷大将軍になり、十三歳で妻をめとった。妻は彼のかたくなな希望で武家の娘を避け、あえて京の公家の娘を指定している。将軍としてより第一級の歌人であり、『金槐和歌集』には七百首におよぶ歌を残している。歴史的業績としても、この方が著名度が高い。終生京の文化を愛し、板東（関東の武士）の風を疎んじたあたり、母の北条政子の政治思想からみれば、夫・源頼朝の理念にかなうとはいえなかった。ある御家人は「当代（実朝）は歌・けまりを以て業となし、武芸は廃するに似たり」と、武芸よりも風雅を好む優柔不断な将軍として評価している。幼いということもあり、実権を持たない将軍であることを実朝は自覚していた。だが、二代目・頼家のように反抗することなく、そのはけ口を和歌の道に求めていたのだ。作品の価値としては、当時の主流を占めていた新古今調の模倣が多いとされているが、ほとんど独学であった。

箱根路をわが越えくれば伊豆の海や
　沖の小島に波の寄るみゆ

神といひ仏といふも世の中の
　人のこゝろのほかのものかは

ひまもなきほむらの中の苦しみも
　心おこせば悟りにぞなる

山はさけ海はあせなむ世なりとも
　君にふた心わがあらめやも

これらの歌をじっとみつめていると、実朝は決して歌の専門家ではなかった気がする。おそらく自分自身も歌人としての立場は考えていなかったろう。将軍としての悩みは、歌人としての悩みをはるかに超えていたであろう。にも拘らず、自分の悲しみを超えた風景に感動したさまや、純粋な青年将軍としてみた人の世の悲しみと、神や仏を澄んだ眼差しで見つめようとする一途な眼差しや聡明さは、冷たさと無邪気さを呼んでいた。彼の歌には悲しい叫びがあるが、それを訴えるのでもなく他に求めるのでもない。邪念も交えず透き通っている。彼の周囲は陰謀と政争という「ひまもなきほむらの中……」のような地獄、そこから逃げようとするのでもなく、心しだいで悟りを起こすようになるだろう、という楽天的とも開き直りともいえそうな心境を詠いあげ、また、それに馴れ合おうとする天性もなかった気がするのだ。

若き将軍実朝が和歌に熱中し、京都の香りを求めていることを知った京の後鳥羽上皇は、実朝に朝廷と幕府との交流を求めはじめた。実朝も次第に上皇に心酔していった。この「山はさけ……」の歌は上皇に忠誠を誓った歌とされている。天下の将軍のこの京への傾倒ぶりは、東国武士たちの批判と怒りをかったのは当然である。

実朝は、当時の大陸「宋」の文化に興味を示し、宋人・陳和郷（ちんなけい）のすすめで大船を建造し、宋へ渡ろうと夢みた。この実朝の心情的背景を歴史書は詳らかにしてはいないが、わかるような気がする。しかし、肝心のその舟、由比ヶ浜からの進水を試みたが、延べ数百人の動員で押せども引けども動かず、ついに進水できず、砂地に巨体を沈めたまま廃船になってしまったという。歴史学者の中にはこれは、御家人北条義時、大江広元らによって、最初から動けないように仕掛けられたのではないかとみているが、これが自然であるような気がする。由比ヶ浜を知っている舟大工がいくら将軍や異国人の命令だからといって進水できない船など造るわけはないからだ。とはいえ、この時代の渡宋の航路は決して安全とはいえなかったにも拘らず、無理にでも実現させようとした実朝の心の背景は何にあったのか、この真意の記述は歴史書にはなく、陳和郷がその後どうしたかも明らかにしていない。

そして承久元年（一二一九年）実朝二十八歳、鶴岡八幡宮で行われた実朝の右大臣就任の拝賀式の最中、拝礼より退出した彼は、石段の際にひそんでいた二代目将軍頼家の遺児公暁に襲撃され、首をはねられたのだ。

実朝が殺された翌日、勝長寿院という寺に葬られたとき、首の行方がわからなかったため、形見として保全されていた髪の毛を取り敢えず棺の中に収めたという。

出ていなば主なき宿となりぬとも
軒端の梅よ春をわするな

まさに辞世となった歌である。自分が出ていってしまう主の居ないこの家の庭先にひそかに咲く梅に目をやる情感豊かな歌。右大臣就任拝賀式に出立の刻、館から出る直前に詠んだとされる。ここですでに自分の運命を悟っていたという。哀れとか、無残としか言い様のない実朝の生涯は、鎌倉の、そして将軍の悲壮な運命である。
「実朝の横死は、歴史という巨人の見事な創作となったどうにもならぬ悲劇である」と文芸評論家・小林秀雄は言う。

著者プロフィール
小杉 衆一（こすぎ しゅういち）
1928年、東京都港区生まれ。
1945年4月、海軍特別幹部練習生として武山海兵団へ入団。
終戦まで横須賀海軍警備隊員として平塚実習部隊勤務。
このときB29の焼夷弾で左腕を失う。
現在は、フリーエッセイストとして執筆中。

■著作
『モーツァルトの季節』（鶴書院）
『ただ今、生存中』（鶴書院）
『カフェ・クラシック』（鶴書院）
『生存の季節』（鶴書院）
『ゆくりなくも』（鶴書院 共著）
『私の「戦争と平和」―翻弄された九十年の戦争観と宿命―』（文芸社）
ほか。

こころの風景　九十年　クラシック音楽と映画と旅と

2024年 9 月15日　初版第 1 刷発行

著　者　小杉 衆一
発行者　瓜谷 綱延
発行所　株式会社文芸社
〒160-0022　東京都新宿区新宿1－10－1
電話　03-5369-3060（代表）
03-5369-2299（販売）

印刷所　株式会社フクイン

ISBN978-4-286-25616-0